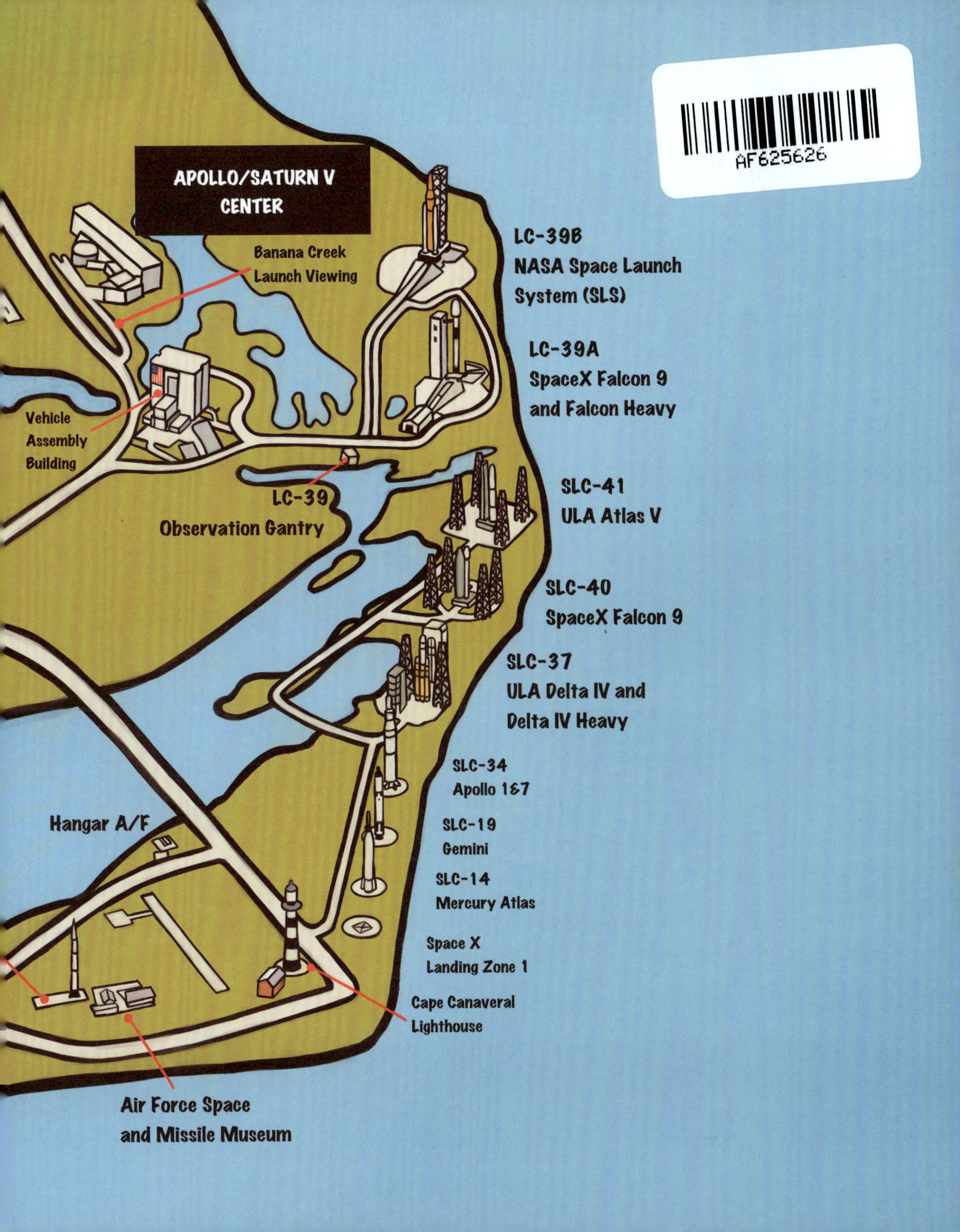
APOLLO/SATURN V CENTER
Banana Creek Launch Viewing
LC-39B NASA Space Launch System (SLS)
LC-39A SpaceX Falcon 9 and Falcon Heavy
Vehicle Assembly Building
LC-39 Observation Gantry
SLC-41 ULA Atlas V
SLC-40 SpaceX Falcon 9
SLC-37 ULA Delta IV and Delta IV Heavy
SLC-34 Apollo 1&7
SLC-19 Gemini
SLC-14 Mercury Atlas
Space X Landing Zone 1
Hangar A/F
Cape Canaveral Lighthouse
Air Force Space and Missile Museum

Peter Lauras Theiss
Co-Autor: Patrick Klapetz

Fly Me to the Moon

Die Weltraum-Schaukel

SPURBUCHVERLAG

Peter Lauras Theiss

Co-Autor: Patrick Klapetz

FLY ME TO THE MOON

Die Weltraum-Schaukel

SPURBUCHVERLAG

esa

Bibliografische Information der Deutschen Nationalbibliothek:
Die Deutsche Nationalbibliothek verzeichnet diese Publikation in der Deutschen Nationalbibliografie; detaillierte bibliografische Daten sind im Internet über http://dnb.dnb.de abrufbar.

1. Auflage, Februar 2024
© Spurbuchverlag, 96148 Baunach
info@spurbuch.de
www.spurbuch.de

Satz und Gestaltung: pth-mediaberatung
Illustrationen: Elona Cecyte
Co-Lektorat: Anne Keßler
Teil 1: Dies ist eine fiktive Geschichte. Jegliche Ähnlichkeiten mit lebenden oder realen Personen wären rein zufällig.

ISBN 978-3-88778-095-1

Dieser Artikel wurde in Zusammenarbeit mit der Europäischen Raumfahrtorganisation (ESA) entwickelt, um das Interesse von Kindern an der Weltraumforschung zu fördern. Die ESA ist weder an der Produktion noch am Vertrieb dieses Produktes beteiligt.
Der Name ESA sowie das ESA-Logo sind eingetragene Marken der Europäischen Raumfahrtorganisation (ESA). Die ESA und ihre Astronauten erhielten für diese Initiative keine finanzielle Entschädigung.

esa

Inhalt

Teil I

Teil II

Teil III RAUMFAHRT-WISSEN

KURZBIOGRAFIEN DER AUTOREN

Autor

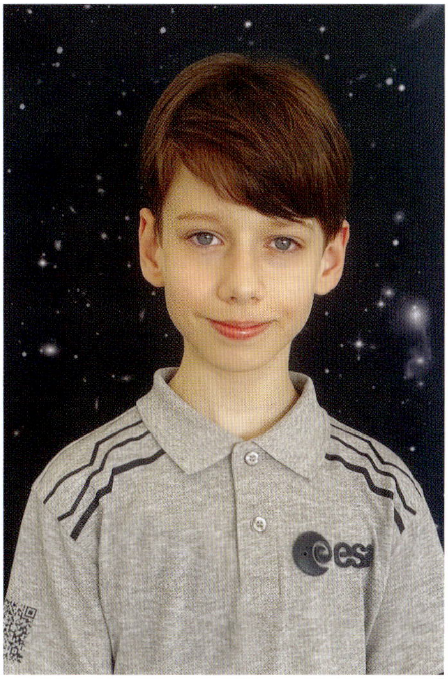

Peter Lauras Theiss' Spitzname ist PL und wurde 2011 im Saarland geboren. Ob Raumfahrt oder Astronomie, er findet am Weltraum alles faszinierend. Wenn er einmal groß ist, möchte er Raumfahrt-Ingenieur werden und träumt davon, einmal auf dem Mond spazieren zu gehen. Seit 2023 besucht er neben der Schule zusätzlich auch die experimentelle Online-Schule Astra Nova, die von SpaceX und seinem Gründer Elon Musk ins Leben gerufen wurde. Ihm war es wichtig, seine Erlebnisse beim Raketenstart und auf dem Schulhof auch mit anderen Kindern zu teilen. Deswegen ist dieses Buch entstanden.

Co-Autor

Patrick Klapetz, 1987 in Troisdorf geboren, ist Space & Science-Journalist und kann sich für alles rund ums Universum begeistern. Er findet es spannend, wie das Kleinste mit dem Größten verbunden ist und liebt es, immer wieder Neues zu lernen. Die Astronomie bezeichnet er gerne als philosophische Naturwissenschaft, in der verrückte Gedankenexperimente manchmal nach vielen Jahren bewiesen werden. Er hat PL bei der schriftlichen Umsetzung des Buches geholfen.

VORWORT

Foto: ESA – P. Sebirot

Viele von uns hatten als Kinder Träume, die so groß waren wie das Universum selbst. Wir alle haben davon geträumt, Helden zu sein, Abenteuer zu erleben und die Welt zu verändern. Dieses Buch ist das Werk eines solchen Träumers, eines wunderbaren Jungen im Alter von zwölf Jahren, der seine Begeisterung für Raumfahrt und den Mond in Worte gefasst hat.

In einer Zeit, in der eine Schaukel normalerweise dazu verwendet wird, um in die Lüfte zu schwingen und den Boden unter den Füßen zu verlieren, hat unser junger Autor die Schaukel in der Schule zur Abschussrampe für seine Träume gemacht. Jeden Tag, während der Pausen, kletterte er auf diese Schaukel und schloss die Augen. Er stellte sich vor, wie er in den Himmel flog, vorbei an den Wolken, den Sternen und schließlich zum Mond.

Dieses Buch erzählt die Geschichte von Peter Lauras, der davon träumt, Astronaut zu werden und eines Tages zum Mond zu fliegen. Peter Lauras ist ein gewöhnlicher Junge mit außergewöhnlichen Träumen. Er ist neugierig, voller Energie und voller Fragen über das Universum. Und in seinem Herzen brennt eine Flamme, die ihn immer wieder zum Mond führt, selbst wenn er nur auf seiner Schaukel sitzt.

Ich hatte das Vergnügen, Peter Lauras persönlich kennenzulernen. Er hat einige der größten Weltraumkonferenzen und Ausstellungen besucht, auf denen ich ihn als begeisterten jungen Raumfahrer kennengelernt habe. Seine Neugier, aber auch sein detailliertes Fachwissen haben mich fasziniert.

Durch die Augen unseres jungen Autors können wir die Faszination für die Raumfahrt neu entdecken. Wir können die unermüdliche Entschlossenheit eines Kindes sehen, das fest daran glaubt, dass Träume wahr werden können, und wir können die unendliche Vorstellungskraft erleben, die in einem Kinderherzen wohnt.

Dr. Josef Aschbacher
Generaldirektor, ESA

ZUR EINFÜHRUNG

Hallo, ich bin PL

Ich bin PL. Eigentlich heiße ich Peter Lauras, aber meine Familie und Freunde nennen mich PL. Ich bin 12 Jahre alt und komme aus dem Saarland, einem Bundesland im Westen Deutschlands.

Ich liebe den Weltraum, die Raumfahrt und auch Flugzeuge. Ich finde das alles total faszinierend. Ich mag auch ein bisschen Star Wars und manchmal spiele ich Gitarre, aber am liebsten rede ich über die Raumfahrt. Mein Lieblingsfach in der Schule ist Wissenschaft, denn Wissenschaft ist unglaublich spannend. Mit ihr kann man alles erklären – oder zumindest fast alles.

Für die Raumfahrt interessiere ich mich schon seit über vier Jahren. Davor waren es Dinosaurier. Von denen war ich damals total fasziniert. Wie konnten so große Echsen auf unserer Erde überhaupt leben? Und wie schaffen es die Wissenschaftler, die gefundenen Knochen richtig zusammenzusetzen und daraus einen bunten Dino zu zaubern? Ich kann mich noch an meinen Lieblings-Dino erinnern. Es war der Velociraptor. Ein eher kleiner Dino, aber dafür wahnsinnig schnell und ein richtiges Raubtier. Vor dem musste man sich verstecken, denn wegrennen war nicht möglich. Dafür wäre ich viel zu langsam gewesen. Zwar ist er etwas kleiner als ich es bin, dafür hat er starke Klauen und spitze Zähne. Mann, wenn ich so schnell wie der Velociraptor wäre …

Als ich acht Jahre alt wurde, waren Dinosaurier nicht mehr so aufregend für mich. Mein neues Hobby wurde der Weltraum. Besonders die Raumfahrt ist mega-cool. Bisher waren bereits zwölf Astronauten auf dem Mond. Und der Mond ist etwa 384.000 Kilometer von uns entfernt. Das ist echt weit. Wenn man von Berlin nach New York fliegt, sind das gerade einmal 6.381 Kilometer. Man muss also ganz schön weit fliegen, um zum Mond zu kommen.

Dabei ist der Mond, im Vergleich zu anderen Himmelskörpern, supernah zu uns. Von der Sonne sind wir ungefähr 150 Millionen Kilometer entfernt. Von dem Zentrum unserer Milchstraße sind wir 27.000 Lichtjahre entfernt. Das sind fast 255 Billiarden Kilometer – 255 mit 15 Nullen. Ja, ganz recht: 15 Nullen. Viel zu weit. Zum Glück müssen wir in der Schule nicht mit so großen Zahlen rechnen!

Mich begeistert an der Raumfahrt und dem Weltraum einfach alles: Raketen, die Triebwerke und wie so eine Rakete in den Weltraum fliegt, unser Sonnensystem, Asteroiden, aber auch mögliche andere erdähnliche Planeten, die man Exoplaneten nennt. Außerdem gibt es dort draußen Schwarze Löcher, die ganze Galaxien auffressen können. Wenn so ein gigantischer Stern stirbt, wird er immer größer. Er bläht sich auf und explodiert dann in einer Supernova. Manchmal kann man auch von der Erde aus eine Supernova erkennen. Die ist so hell, dass sie das Licht der anderen Sterne und Galaxien überstrahlt. Und alles, was übrig bleibt, ist ein winzig

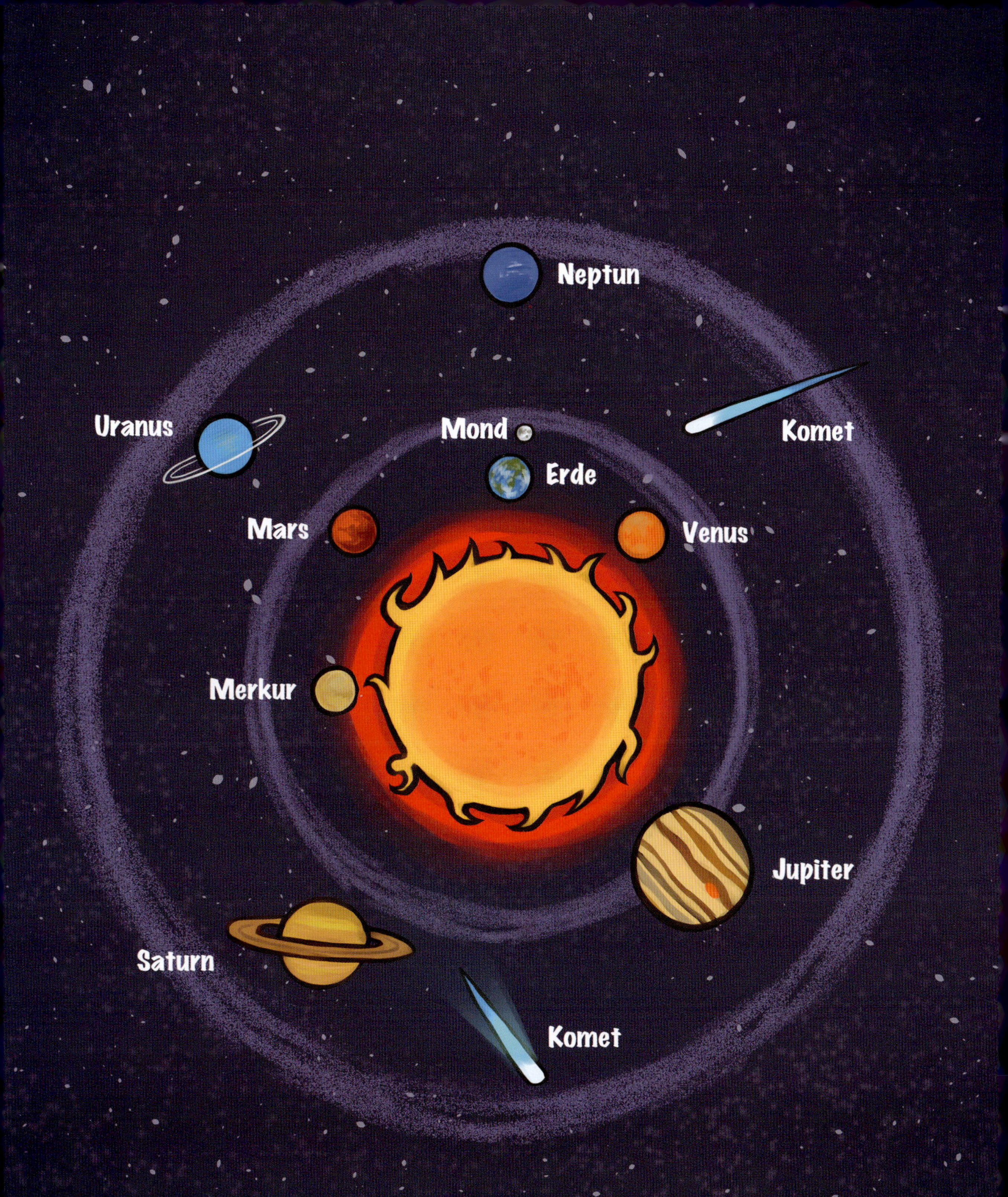

Neptun
Uranus
Mond
Komet
Erde
Mars
Venus
Merkur
Jupiter
Saturn
Komet

kleines Gebilde. Das kann ein Schwarzes Loch sein oder ein Neutronenstern. Ein Neutronenstern ist so etwas wie ein Atomkern, der viele Kilometer groß werden kann. Die Vorstellung alleine ist schon verrückt.

Wenn ich einmal groß bin, will ich Raumfahrt-Ingenieur werden. Seitdem ich weiß, dass man dafür Mathe braucht, lerne ich auch sehr viel Mathe. Auch wenn es manchmal echt blöd, langweilig oder superschwer ist. Manchmal macht es aber auch richtig Spaß. Besonders dann, wenn ich eine schwere und knifflige Aufgabe ganz alleine lösen konnte. Von dem ganzen Lernen brauche ich zwischendurch auch mal eine Pause.

In solchen Pausen treibe ich auch gerne Unfug mit meinen Freunden. Auf unserem Schulhof steht beispielsweise ein kleiner Turm, der jeden Tag von uns Sechstklässlern gestürmt wird. Da tritt jede Klasse gegeneinander an. An einem Tag haben wir ein paar Plastikflaschen gefunden und daraus kleine Sandbomben gebastelt. Wir haben die Flaschen mit feinem Sand befüllt und dann winzige Löcher reingepiekst. Fast hätten sie nicht funktioniert. Bevor wir den Turm stürmen wollten, haben wir unsere Sandbomben dort hineingeworfen und erst mal ist nichts passiert. Doch dann hat es in der Fantasie der Kinder doch noch angefangen zu rauchen. Mein Freund hat weniger als eine Sekunde gebraucht, um sein Handy zu nehmen und eine Sirene abzuspielen. Dann sind alle Kinder schnell die Rutsche runtergerutscht. Die haben bestimmt gedacht, es wäre Feueralarm. Mann, hatten wir die ausgetrickst und hatten dann den ganzen Turm für uns alleine.

Irgendwie kommt mir das alles gerade verrückt vor. Dass ich dir das erzähle ... Damals wusste ich noch nicht, dass ich ein Buch schreiben werde. Dass ich dafür einmal mit einem Astronauten sprechen werde, wusste ich ebenfalls nicht. Und ich wusste auch noch nicht, dass ich auf dem Schulhof Kinder zum Mond fliegen lassen werde ...

Teil I

KAPITEL 1

Eine Idee wird geboren

Heute war ein besonderer Tag. Darum hatte ich mich für mein NASA[1]-T-Shirt entschieden. Da es draußen kalt ist, wir haben schließlich November, habe ich auch noch meinen NASA-Hoodie drübergezogen. Ich war perfekt ausgestattet.

Auch wenn ich mega-aufgeregt war, war ich eigentlich viel zu müde, um einen Vortrag zu halten, denn nach meiner Reise hatte ich einen Jetlag[2] und wusste nicht mehr, wann es Morgen und wann es Abend war. Darum hätte ich mir am liebsten wieder meine Bettdecke über den Kopf gezogen.

Genauso schwerelos wie mein Zeitgefühl waren auch meine Gedanken, denn darin war ich eigentlich noch im Weltraum. Aber das passiert mir öfters. Denn in einer Höhe von ungefähr 400 Kilometern umrundete gerade eine Raumstation namens ISS[3] die Erde. Und das etwa alle 90 Minuten. Das heißt: Immer wenn eine Doppelstunde in der Schule vorbei ist, hat sie unseren Planeten einmal umrundet.

---

1 Die NASA ist eine Behörde in den USA, die sich mit der Raumfahrt beschäftigt. Sie baut Raumsonden und schickt diese zu anderen Planeten oder sie schickt Astronautinnen und Astronauten ins Weltall. Mehr dazu findest du auf Seite 73.

2 Ein Jetlag entsteht beispielsweise nach einem Langstreckenflug. Denn der natürliche innere Rhythmus des Körpers (auch Biorhythmus genannt) wird dabei gestört und man kann deswegen Schlafstörungen bekommen.

3 Internationale Raumstation.

Dort oben forschen Astronauten und Astronautinnen aus verschiedenen Ländern in völliger Schwerelosigkeit. Sie erleben dort also ganz schön viele Sonnenaufgänge und Sonnenuntergänge.

Zwei Wochen lang bin ich nicht in der Schule gewesen. Dabei waren keine Ferien und krank war ich auch nicht. Denn ich habe das Kennedy Space Center in Florida besucht. Das musste ich natürlich erst einmal mit meiner Lehrerin absprechen. War gar nicht so einfach. Aber darum haben wir einen Deal vereinbart: Wenn ich zurückkomme, sollte ich vor der Klasse einen Vortrag über meine Erlebnisse in Florida halten. „Vielleicht haben sich einige von euch gefragt, wo PL in den letzten zwei Wochen gewesen ist", sagte meine Lehrerin, nachdem die Schulglocke geläutet hatte und wir alle auf unseren Plätzen saßen.

Paul, mein bester Freund, wollte schon reinrufen „der war in …", hat sich dann aber schnell seine Hand auf den Mund gedrückt und die Worte verschluckt, die er noch ausrufen wollte. Ich schaute zu ihm rüber und lächelte, denn ich hatte auf dem Weg in die Klasse versucht, ihm alles von meiner Reise zu erzählen und dabei so schnell geredet, dass er vermutlich gar nicht alles verstehen konnte. Er lächelte auch und wir beide mussten anfangen zu lachen.

Paul hat eine starke Persönlichkeit. Er ist ein großer Junge mit sehr vollen und dunkelbraunen Locken, Sommersprossen und braunen Augen. Zudem ist er ein Jahr älter als ich. Ich kenne Paul schon seit der ersten Klasse und wir beide sind die Einzigen, die seit Anfang an dabei sind. Weil wir auf eine internationale Schule gehen, kommen die Schüler aus vielen verschiedenen Ländern, und es passiert oft, dass Kinder nach zwei bis drei Jahren die Schule wieder wechseln oder neue Kinder an unsere Schule kommen. Wenn jemand die Schule verlässt, fühle ich mich immer

sehr traurig, besonders wenn es ein guter Freund war. Deswegen habe ich schon viele Tränen vergossen. Doch das Gute daran ist, dass ich mittlerweile ganz viele Freunde habe, die auf der ganzen Welt verstreut leben.

Mit vielen habe ich noch Kontakt. Marcos ist einer von ihnen. Er ist jetzt wieder zurück in Spanien, wo er und seine Eltern eigentlich herkamen. Sein Vater war Kampfjet-Pilot und kannte so viele coole Geschichten. Ich konnte ihm stundenlang zuhören. Dann war da noch Andrew. Er war superschlau, ein richtiges Mathe-Genie. Ich durfte in der Schule immer neben ihm sitzen und er hat mir bei schwierigen Matheaufgaben geholfen. Ich fand ihn toll. Er wollte immer so viel wissen und hat so viel Neues gelernt und immer davon erzählt. Das hat mich beeindruckt und mich auch ein Stück motiviert. Seine Mutter kam ursprünglich aus Südkorea, doch beide sind nach Washington in die USA gezogen. Zum Glück kann ich mit meinen Freunden manchmal über das Internet telefonieren und Videokonferenzen abhalten.

Bei manchen Kindern war ich aber auch froh, dass sie gingen. Da gab es beispielsweise ein Mädchen, das richtig gemein war. Sie sagte mal zu mir, ich solle nicht so viel träumen. Ich würde doch eh nie einen Job in der Raumfahrt bekommen. Aus mir würde sowieso nichts werden … So ein Quatsch!

Vielleicht sind Paul und ich heute so gute Freunde, weil immer so viele Kinder und Lehrer unsere Schule verlassen haben. Dabei sehen wir uns gar nicht so häufig. Meistens nur in der Schule. Dennoch geben wir uns beide ein sicheres Gefühl. Er kann mir alles erzählen und ich kann ihm alles erzählen. Das ist toll. Wir beide sind irgendwie anders als der Rest der Klasse. Dieses Jahr hatten wir zum Fasching beide ein riesiges aufblasbares Kostüm an – dabei haben wir uns nicht einmal abgesprochen. Wir waren die Attraktion auf dem Schulhof und besonders die jüngeren Kinder fanden das richtig cool und haben uns bestaunt. Als ich dann später beim Faschingsumzug Süßigkeiten aufheben wollte, hatte ich ein Problem. Ich konnte mich gar nicht richtig bücken. Paul war da ein bisschen flinker und hatte sein Kostüm für den Umzug bereits ausgezogen. So konnte er wenigstens mehr Süßigkeiten aufheben. Für die Zukunft weiß ich: Ein tolles Kostüm für den Schulhof, aber ansonsten nicht. Also nicht noch einmal so ein aufblasbares Kostüm. Vielleicht gehe ich nächstes Mal als Astronaut.

„PL, willst du uns nicht erzählen, wo du in den letzten Wochen warst?“, fragte meine Lehrerin und schaute mich dabei an. Ich nickte, stand auf und ging nach vorne. Dabei sagte ich zu ihr: „Wie versprochen habe ich auch etwas vorbereitet!“ Ich stand, in meinem NASA-T-Shirt, vor meiner Klasse und begann meinen Vortrag: „Ich konnte meinen allerersten Raketenstart live anschauen. In den USA, in Cape …“, es sprudelte einfach so aus mir heraus. Dann machte ich eine kurze Pause, atmete tief ein und fing noch einmal ganz langsam mit meinem Vortrag an.

Es hat richtig viel Spaß gemacht, den Vortrag vor meiner Klasse zu halten. Ich habe Bilder und Videos gezeigt und ihnen erzählt, was ich alles erlebt habe. Meine Freunde haben mir aufmerksam zugehört. Auch meine Lehrerin hat sich gefreut. Ich habe auch von Alligatoren und Schlangen erzählt, die sich den Start wohl ebenfalls angeschaut haben. Das war witzig. Die anderen Kinder mussten lachen und ich auch. Meine Lehrerin lachte auch leise. „So eine Schlange oder ein Alligator müsste man

A

sein", sagte ich. „Die haben ein tolles Leben! Die können sich einfach jeden Raketenstart anschauen und brauchen dafür nicht einmal ein Ticket zu kaufen. Und die sind auch noch viel näher an der Rakete dran! So nah dürfen wir Besucher nämlich nicht an die Rakete heran. Nur das Team vor Ort, das die Astronauten in die Dragon-Kapsel lässt."

Neben Alligatoren und Schlangen können dort auch andere Tiere frei leben. Dort ist nämlich ein Naturschutzgebiet. Dass ich ein wenig Angst hatte, dass sich vielleicht eine Schlange die Tribüne hochschlängelt, habe ich nicht erwähnt. Aber das ist okay. Ich hatte nämlich noch so viel mehr zu erzählen.

Nach meinem Vortrag ging der normale Unterricht weiter, aber ich musste immer wieder an meine Erlebnisse in Florida denken, es gab noch so viel mehr zu berichten!

Meine Erzählungen konnten einfach noch nicht alles sein. Ich wollte den anderen Kindern zeigen, wie sich ein Raketenstart anfühlt. Sie sollten alles miterleben, als wären sie selbst dabei gewesen. Ich wollte, dass sie genauso aufgeregt sind, wie ich es beim Start war. Doch wie soll das gehen? Wie soll ich ihnen hier auf dem Schulhof zeigen, wie sich ein Raketenstart anfühlt?

Doch dann schaute ich aus dem Fenster. Mein Blick ging über den Schulhof und blieb an der großen Schaukel hängen. Da hatte ich die geniale Idee! Ich sah nämlich plötzlich alles vor mir: Ein perfektes Launchpad[4], mitten auf dem Schulhof! Meine Weltraum-Schaukel, mit der ich die anderen zu fernen Planeten reisen lassen konnte. Ich würde ihnen das perfekte SpaceX[5]-Erlebnis bieten.

---

4 Launchpad nennt man in der Raumfahrt den Startplatz für die Raketen.

5 SpaceX ist ein privates Unternehmen, das Raketen und Raumkapseln baut. Zu seinen Raketen gehörten beispielsweise die Falcon 9 und verschiedene Raumkapseln. Eines seiner kleinen Raumkapseln ist die Dragon-Kapsel, also die Drachen-Raumkapsel. Mit ihr fliegen Menschen zur Internationalen Raumstation ISS. Auf Seite 76 stelle ich dir das Unternehmen genauer vor.

KAPITEL 2

Vom Schulhof bis zum Mond

Erfüllt von meiner Idee musste ich noch voller Ungeduld bis zur Pause warten. Noch eine ganze halbe Stunde lang. Ich schaute immer wieder auf die Uhr, aber die Zeit schien einfach nicht schneller vergehen zu wollen. Ich wurde immer aufgeregter, aber ich musste geduldig bleiben. Dann endlich: der erlösende Pausen-Gong: „DIIIINNNGG DOOONNNNGG!“

Ich eilte mit den anderen hinaus auf den Schulhof, stellte mich vor die Schaukel und rief: „Wer von euch will zu einem Planeten fliegen? Wer von euch will auf den Mond oder zum Mars?”

Die Schaukel war die perfekte Rakete für Weltraumflüge. Sie stand auf einem Hügel, von dem aus man über die Bäume und umliegenden Gebäude hinwegschauen konnte. Außerdem war sie rund und wie eine Schüssel gebogen. Man konnte sich fast gerade reinlegen.

Wer will zum Mond fliegen?
esa
International Space Station

Genauso wie die Astronauten in ihren Raumkapseln. Das war ab jetzt unsere Rakete, ideal für einen Flug ins Weltall. Und ich war der Profi, der unsere Weltraumflüge durchführen konnte! Ich hatte schon alle Starts ins Weltall angeschaut, immer wieder, und war bestens mit allen Vorgängen vertraut. Ich hatte sogar die Abläufe der Startphase am Launchpad auswendig gelernt. Auf Englisch.

Die anderen Schulkinder kamen langsam näher. Sie wussten erst gar nicht, was ich wollte. Das konnte ich in ihren Gesichtern lesen. Dann fragte ich den Ersten: „Zu welchem Planeten willst du fliegen?“

„Fly me to the moon!”[6] – „Okay.“

Jetzt erfolgte eine gewissenhafte Vorbereitung des Starts. Der erste Astronaut wurde halb liegend, halb sitzend in der Schaukel platziert. Genauso wie die Astronauten in ihren Raumkapseln, bevor sie in den Weltraum starten. Alles war perfekt!

Zuerst habe ich alle Sicherheitsmaßnahmen getroffen und nochmals überprüft. Bei einer solchen Mission kann vieles schiefgehen. Die Sicherheit steht an oberster Stelle. Genauso wie bei der NASA.

Keiner durfte unserer Rakete zu nahe kommen. Die Sicherheitsabstände mussten strikt eingehalten werden. Es durfte auch keiner dazwischen rumrennen. Erst wenn ich, als die Mission-Control, das „Okay“ für den Start erteilt hatte, durfte die Rakete tatsächlich abheben. Ich hatte einem anderen Schulkind gesagt, was es als Mitarbeiter der Mission-Control zu tun hatte. Alle waren sehr aufgeregt und jeder wollte mitmachen. Das war super und hat richtig viel Spaß gemacht. Jeden unserer Weltraum-Touristen habe ich begrüßt: „Willkommen bei SpaceX!“, ich wollte ihnen das besondere Weltraum-Erlebnis von SpaceX vermitteln.

Dann liefen die letzten Vorbereitungen: *„Stage is saved. Rocket propulsion is go. Engines are go. First stage fueling is go. SpaceX Falcon 9 is go. Continuing to proceed with the launch countdown.“*[7] Die Kinder waren alle aufgeregt. Und ich erst! Trotzdem erfüllte ich gewissenhaft meine Aufgabe: *„We have a go for launch. 10! 9! 8! 7! 6! 5! 4! 3! 2! 1! 0! Merlin engine ignition – and liftoff!“*[8]

---

6 „Flieg mich zum Mond!”.

7 So hört es sich bei einem Raketenstart an, alle Anweisungen werden auf Englisch durchgesagt. Das hört sich auf Deutsch dann ungefähr so an: „Raketenstufe ist gesichert. Raketenantrieb ist bereit. Triebwerke sind startklar. Betankung der ersten Stufe läuft. SpaceX Falcon 9 ist startklar. Der Countdown für den Start wird fortgesetzt.”.

8 „Wir haben grünes Licht für den Start. 10! 9! 8! 7! 6! 5! 4! 3! 2! 1! 0! Zündung und Start des Merlin-Triebwerks!“.

SPACEX

Ich stieß das erste Kind zum Schaukeln an und ich rief weiter: „*Vehicle pitching down range. Max-Q*[9]*. MVac*[10] *engine chill is on their way. MECO*[11]*. Stage separation confirmed. Second stage ignition …*“[12]

---

9 Max-Q bedeutet in der Luft- und Raumfahrt, dass ein Fahrzeug wie ein Flugzeug oder eine Rakete ihren maximalen Belastungen während des Fluges ausgesetzt ist. In der Raumfahrt wird dieser Zeitpunkt beispielsweise erreicht, wenn sich die Rakete vom Raumschiff trennt.

10 MVac ist eine Abkürzung für eines der Triebwerke von dem privaten Raumfahrtunternehmen SpaceX. Das „M“ steht für „Merlin“, das ist der Name der Triebwerke. „Vac“ ist die Abkürzung für „Vakuum-Triebwerk“. Die Triebwerke von Raketen und Raumkapseln sind nämlich unterschiedlich. Auf der Erde muss das Triebwerk genug Schubkraft aufbringen, damit die Rakete mit der Raumkapsel ins Weltall fliegen kann. Das ist gar nicht so leicht, weil die Schwerkraft alles nach unten zieht. Deswegen fällt auch alles hin, wenn wir es fallen lassen. Im Weltraum gibt es aber keine Luft und damit auch so gut wie keine Schwerkraft. Im Weltraum herrscht ein Vakuum und dafür braucht es spezielle Triebwerke. Der Schub, der aus diesen Triebwerken herauskommt, ist sehr dünn, als würde man eine Papierkugel durch einen Strohhalm schießen. Der Schub der Triebwerke, die von der Erde ins Weltall fliegen, ist dagegen sehr breit.

11 MECO ist eine englische Abkürzung und steht für „Main Engine Cut Off“. Übersetzt bedeutet das „Haupttriebwerk abgeschaltet“.

12 „Fahrzeug neigt sich nach unten. Max-Q. MVac Motorkühlung ist auf dem Weg. MECO. Stufentrennung bestätigt. Zündung der zweiten Stufe …“.

Die Kinder waren überglücklich und am Toben! Es war großartig. Ich habe sie immer höher und höher geschaukelt. Sie saßen nicht mehr auf einer einfachen Schaukel. Sie saßen auf meiner Weltraum-Schaukel und durften mit einer Rakete ins Weltall fliegen. Das hat richtig viel Spaß gemacht.

Dann war das nächste Schulkind dran. Auch dieses habe ich nach seinem Reiseziel gefragt und auch dieses Kind war mit seiner Weltraumreise überglücklich. Auch der Sicherheitsbeauftragte hat ganz genau aufgepasst, dass keinem Schulkind was passiert.

Die Kinder haben später von ihren tollen Erlebnissen im Weltraum berichtet. Die Berichte sprachen sich in Windeseile rum und immer mehr Kinder wollten mit meiner Weltraum-Schaukel mit dem SpaceX-Erlebnis in den Weltraum fliegen. Am nächsten Tage stand fast die ganze Schule Schlange. Es war großartig!

Die Kinder hatten so viel Spaß mit meiner Weltraum-Schaukel, dass der Schulhof jeden Tag voller und voller wurde. Immer mehr Weltraum-Touristen wollten auf eine Reise zum Mond, Mars oder einem anderen Planeten geschickt werden. Und ich hatte richtig was zu tun. Ich musste sogar einen weiteren Mitschüler einsetzen, der die lange Schlange vor der Weltraum-Schaukel beobachtete. Natürlich durften der Reiseführer und die Mission-Controller in der ersten Pause immer ganz zu Anfang zu einer Weltraumreise starten. Das hatte ich ihnen versprochen.

Leider bekam ich nach einer Woche eine starke Erkältung. Ich musste zu Hause bleiben und mich erholen. Es vergingen ein paar Tage und mir ging es allmählich besser. Die ganze Zeit habe ich an meine Weltraum-Schaukel gedacht und mich darauf gefreut, wieder in die Schule zu gehen. Ich wollte noch mehr Schulkindern eine Reise in den Weltraum ermöglichen. Außerdem habe ich gedacht, dass die anderen das bestimmt vermissen würden.

KAPITEL 3

Die geklaute Weltraumfirma

Als ich nach fast einer Woche dann wieder in die Schule kam, wartete ich schon ganz ungeduldig auf die erste Pause. Aber als ich den Pausenhof betrat, konnte ich meinen Augen kaum trauen: Die Schulkinder standen alle an der Weltraum-Schaukel Schlange. Sie warteten aber nicht auf mich! Mein bester Freund Paul hatte meine Weltraum-Schaukel einfach übernommen! Ich war wütend. Das war meine Idee! Das war meine Weltraum-Schaukel! Als ich ihn zur Rede stellen wollte, fragte er ganz lässig: „Willst du mir helfen?“ – Ich ihm helfen? Das war meine Rakete. Das war meine Idee. Doch was sollte ich machen? Ich war so überrascht, dass ich nicht wusste, was ich sagen sollte.

Traurig und enttäuscht setzte ich mich auf die Sitzbank. Da saß noch ein anderes Kind, das genauso traurig aussah. Warum wusste ich nicht. Ich wollte es auch nicht wissen. Ich habe mir nur gedacht: Mein Tag ist gelaufen! Vielleicht sogar mein ganzes Leben … Ich war so enttäuscht, verletzt und wütend. Wie konnte mir mein bester Freund das antun?

Ich war froh, als die Schule endlich vorbei war. Ich musste mich die ganze Zeit über zusammenreißen. Doch als ich zu Hause die Tür öffnete, konnte ich mich nicht mehr beherrschen. Ich konnte meine Tränen nicht mehr zurückhalten und heulte laut los. Meine Tränen kullerten nicht einfach die Wange hinunter, sie liefen wie ein Fluss.

Meine Mutter kam zu mir, hat mich umarmt und getröstet. Dann hat sie mir ihren Arm auf die Schulter gelegt und mich in die Küche zum Esstisch geführt. Ich konnte kaum einen Satz aus mir rausbringen. Ich war so traurig, so verletzt … Die Tränen liefen immer weiter. Dann kamen die Worte … abgehakt: „Mein SpaceX … ist weg … die Schaukel … Paul …“

Doch egal wie undeutlich und abgehackt ich redete, meine Mutter verstand mich. Sie schaute mir in die Augen und sagte: „Wenn du gut in etwas bist, wollen die Leute ein Teil deines Erfolges sein und dich kopieren. Sieh das doch positiv.“ Ich nickte zögerlich, während sie fortfuhr: „Deine Idee war ein Erfolg! Vielleicht wirst du deinem Freund irgendwann einmal für diese Erfahrung dankbar sein …“

Ich konnte diesen Worten kaum folgen. Ihm dankbar sein? Wofür? Er war so gemein. Fragt der mich einfach, ob ich ihm helfen will! Ich war so wütend und enttäuscht. Wie kann man so etwas seinem besten Freund nur antun? Meine Weltraum-Schaukel war weg, sie war geklaut. Ich wollte nicht mehr in die Schule. Ich wollte nur noch zu Hause bleiben.

Als ich in mein Zimmer ging, sagte meine Mutter noch: „In der Nähe der Schaukeln steht doch auch ein Trampolin, wenn ich mich richtig erinnere. Warum nutzt du das nicht als Startrampe?“ – „Ein Trampolin als Startrampe? Das kommt überhaupt nicht infrage“, dachte ich. Man ist in Sekunden wieder auf dem Boden. Das ist keine richtige Weltraum-Mission.

Da hatte mein Vater eine Idee. Ich sollte mich einfach meinem Freund anschließen. Dann haben wir beide eine Weltraum-Schaukel und können gemeinsam SpaceX-Starts anbieten. Nein! Das kommt ebenfalls nicht infrage. Er hat mir meine Idee geklaut. Er hat sie kopiert! Außerdem hat Paul so viel verändert. Es gibt nicht mal mehr eine Begrüßung zum Start.

Außerdem simuliert er den Start nicht so perfekt wie ich. Eigentlich ist es kein Weltraumflug mehr. Er schubst die Kinder nur an. Bei mir war das ein ganz anderes Erlebnis, es war das SpaceX-Erlebnis!

Wäre ich doch bloß nicht krank geworden! Ich war in einer ausweglosen Situation. Was hätte ich machen können? Zurück zu meiner Weltraum-Schaukel, die nun ein anderer betreibt? Nein. Ich konnte mir unmöglich mein SpaceX-Erlebnis zurückholen. Eine Trampolin-Startrampe? Nein. Das wäre nicht so cool. Also entschloss ich mich dazu, nichts zu tun. Insgeheim hatte ich gehofft, dass die anderen Schulkinder ganz schnell das Interesse an der schlechten Kopie meiner Idee verlieren würden. Das hätte mich gefreut.

Dann habe ich gehört, dass sie irgendwo hinter der Weltraum-Schaukel ein Treffen abhalten. Also habe ich mich unbemerkt hingeschlichen. Zuerst bin ich schnell in die Richtung der Schaukel gegangen, dann immer langsamer. Ich habe mich umgeschaut. Keiner sah mich. Also bin ich nähergegangen und habe mich hinter ein paar Büschen versteckt. Je näher ich an ihnen dran war, desto besser konnte ich sie verstehen. Sie wollten die Weltraum-Schaukel umbenennen. Sie soll ab jetzt TBX heißen. TBX? Was ist das denn für ein Name? Das klingt ja wie ein billiges Kleidungsgeschäft. Das ist gar kein guter Name.

Dann haben sie noch darüber gesprochen, VIP-Karten anzubieten. Wer eine VIP-Karte hat, soll länger auf der Schaukel bleiben und dazu auch noch alleine schaukeln dürfen, wenn er oder sie das möchte. Sie wären also die eigenen Piloten der Rakete gewesen. Zuerst fand ich die Idee richtig doof, doch dann ... Wobei ... Eigentlich würden sie dann ja nur schaukeln. Wer verkauft ihnen dann ihr persönliches Weltraum-Erlebnis? Blöde Idee also.

Später konnte ich dann beobachten, wie sie ihre VIP-Karten verteilt haben. Sie haben einfach jedes Kind in der Schlange gefragt, ob es ein VIP-Mitglied sein will. Wirklich jedes Kind in der Schlange. Natürlich haben die meisten ja gesagt. Die einzelnen Kinder blieben damit länger auf der Schaukel. Die Schlange wurde nur langsam kürzer und dann war die Pause vorbei. Superviele Kinder konnten gar nicht auf die Weltraum-Schaukel. Es war abzusehen, dass einige Kinder darauf keine Lust hatten. Ihre ganze Pause in einer Schlange zu verbringen, um dann doch nicht in den Weltraum fliegen zu können ... Wer will das schon? Wer zuerst draußen auf dem Schulhof war und vorne in der Schlange stand, der hatte Glück. Die Kinder weiter hinten in der Schlange haben sich bestimmt wie ich gefühlt, als ich in Florida war und der erste Raketenstart abgesagt wurde.

Und tatsächlich: Die Tage vergingen. Die Schlange an der Schaukel wurde immer kürzer und kürzer. Irgendwann stand kein einziges Kind mehr an der Schaukel. Die Weltraum-Schaukel meines damaligen besten Freundes war gestorben. Aus und vorbei.

KAPITEL 4

Die Zeit heilt alle Wunden

Paul und die anderen Kinder fingen dann nach und nach wieder an, mit mir zu reden. Es war so, als ob nichts gewesen wäre.

Zuerst war ich noch wütend. Ich wollte sie eigentlich ignorieren …

Doch dann erzählte mir Adam, dass er das Gefühl hat, dass es im Flur der Schule spukt. Er erzählte mir, dass er im Flur war und keine Lehrer dort waren. Er war also alleine, denn es war während der Unterrichtszeit und er musste auf die Toilette. Es war supergruselig dort. Ein Fenster im Jungs-Klo war offen und merkwürdige Geräusche huschten durch das Fenster in den Raum. Dann machte er das Geräusch nach: „Huuuuuwwwwwwwww!“ Das hörte sich so witzig an, dass ich fast anfing zu lachen. Dann wollte er zurück in die Klasse und hörte plötzlich Schritte im Treppenhaus. Doch er sah niemanden. Eigentlich wollte er raus auf den Schulhof rennen, aber er musste zurück in die Klasse. Bevor er die Tür aufmachte, atmete er noch einmal tief ein und kam ins Klassenzimmer hinein. Dass er gerade gerannt war oder Angst hatte, konnte man ihm nicht ansehen. In der Pause erzählte er dann, was passiert war. Im Anschluss mussten wir beide dann doch anfangen zu lachen. Das Eis war gebrochen und ich war froh, wieder mit den anderen Kindern lachen zu können.

Bei Paul ist es mir zuerst auch schwergefallen. Aber mit der Zeit wurde es besser. Wir spielten auf dem Hof einfach ein paar andere Spiele. Erst war es noch merkwürdig, doch dann waren wir wieder die besten Freunde. Das Dilemma mit der Weltraum-Schaukel war wie vergessen.

Heute bin ich meinem Freund Paul dankbar. Ohne ihn gäbe es dieses Buch nicht. Manchmal muss man einfach abwarten. Einfach etwas Geduld haben, um die ganze

Situation mit etwas Abstand zu betrachten. Dann kann es sein, dass sich alles von selbst erledigt. Und seit den Ereignissen ist auch viel Zeit vergangen. Meine eigene Weltraum-Schaukel auf dem Schulhof werde ich aber nie vergessen.

Manchmal, wenn ich alleine in der Pause schaukelte, habe ich meine Augen geschlossen und stellte mir vor: Ich fliege gerade in den Weltraum. Doch diese Zeit ist nun auch vorbei. Die Schaukel ist vom Schulhof verschwunden.

Aus Sicherheitsgründen, hieß es. Es stehen nur noch zwei Pfosten da und erinnern mich an meinen Traum.

Vielleicht werde ich irgendwann, wenn ich groß und alt genug bin, meine eigene echte Raumfahrtfirma haben. Vielleicht werden meine Raketen Menschen zum Mond oder Mars bringen. Vielleicht … Es kann passieren. Man muss nur fest daran glauben und seine Träume verwirklichen. Deswegen setze ich mich jetzt wieder an meine Matheaufgaben.

Und wenn du einen Traum hast, dann halte daran fest. Arbeite für deinen Traum und vielleicht wird er irgendwann in Erfüllung gehen. Alles ist möglich für die, die glauben.

Teil II

KAPITEL 1

Vom Traum zur Wirklichkeit

Aber was habe ich eigentlich damals auf meiner Reise erlebt? Das will ich dir natürlich nicht vorenthalten, darum möchte ich dich mitnehmen auf meine Reise in die USA, genau genommen nach Florida. Dort habe ich mir zum ersten Mal in meinem Leben einen echten Raketenstart angeschaut. Ich hatte diesen Traum schon ganz lange. Bis dahin habe ich mir das immer nur im Fernsehen oder auf meinem Tablet anschauen können.

Nun hatte ich endlich die Gelegenheit, dabei zu sein und alles aus nächster Nähe zu erleben. Es war superaufregend, den Start von einer Tribüne aus live zu sehen.

Ich konnte während meiner Reise auch viele Astronautinnen und Astronauten kennenlernen. Sie alle waren in Florida beim Raketenstart dabei. Das hatte auch einen besonderen Grund: Diesmal waren bei dem Start in den Weltraum vier Astronauten an Bord der Rakete. Das ist etwas ganz Besonderes und daher kamen auch so viele andere Astronauten zu diesem Start, um die Freunde und die Familien der Crew zu unterstützen. Natürlich habe ich diese Chance genutzt und ein wenig mit den Astronauten über die Raumfahrt gesprochen.

Manchmal bringen die Raketen ja einfach nur Wasser, Lebensmittel und ein paar neue Experimente zur ISS, der Internationalen Raumstation. Ich verwende lieber die Abkürzung: ISS – das ist kürzer und klingt auch cooler.

Aber dieses Mal war es eine bemannte Rakete.

Einer der Astronauten kam sogar aus Deutschland. Aus dem Saarland, um genau zu sein. Also genau aus dem Bundesland, in dem ich lebe. Deswegen musste ich natürlich auch unbedingt bei diesem Raketenstart dabei sein. Der Astronaut heißt Matthias Maurer.

Aber beginnen wir am Anfang meiner Reise …

KAPITEL 2

Überall Astronauten

Ich war sehr glücklich, zu einem Raketenstart nach Florida zu fliegen. Dort habe ich in einem Hotelzimmer ganz in der Nähe des Kennedy Space Centers in Cape Canaveral gewohnt. Es gibt nämlich nicht viele Orte auf der Welt, von denen Astronauten in den Weltraum starten können. Von Cape Canaveral aus sind auch die ersten Astronauten zum Mond geflogen und auf ihm gelandet. Das waren die Apollo-Missionen. Die sind schon ganz schön lange her. Die ersten Menschen sind 1969 mit der Mission Apollo 11 auf dem Mond gelandet. Meine Großeltern konnten den Start der Mission im Fernsehen mitverfolgen – so lange ist das schon her.

Nun, über 50 Jahre nach der ersten bemannten Mondlandung, würde nun auch ich einen Raketenstart in Florida miterleben.

Die Mitglieder der Crew-3 starteten von derselben Rampe in den Weltraum, von der auch die Astronauten der Apollo 11 Mission gestartet sind. Die Mission, die ich miterlebt habe, war der dritte bemannte Weltraumflug von SpaceX. Die erste dieser Missionen war ein Testflug mit nur zwei Astronauten.

SpaceX ist ein privates Raumfahrtunternehmen. Elon Musk hatte SpaceX gegründet, um wiederverwendbare Raketen zu entwickeln. Bisher konnte man eine Rakete nur einmal verwenden. Sie ist gestartet und war danach Müll, der entweder im Weltraum blieb oder auf die Erde zurück ins Meer gefallen ist. Die meisten staatlichen Raumfahrtbehörden benutzen immer noch solche Einweg-Raketen.

Foto rechts: Das ist die Faclon 9 Rakete vom privaten Raumfahrtunternehmen SpaceX. Oben am Turm ragt ein Arm zum Raumschiff, das sich oberhalb der Rakete befindet. Über diesem Arm gelangen die Astronauten an Bord des Dragon-Raumschiffes.

Foto: PL privat

SPACEX

Man kann es ein wenig mit einem Pfandsystem für Flaschen vergleichen. Manche Flaschen kann man nur einmal verwenden und danach landen sie im Müll. Andere werden zurück in den Laden gebracht und dann von einer Firma abgeholt, gereinigt und wiederverwendet. Irgendwann landet die Flasche dann wieder im Geschäft und man kann erneut aus ihr trinken. Die Raketen von Elon Musk landen auch wieder auf der Erde, nachdem sie ihre Dragon-Raumkapsel oder einen Satelliten in den Weltraum gebracht haben. Danach werden die Raketen dann sehr genau überprüft und generalüberholt. Dann können sie wieder in den Weltraum starten.

Nach den Test- und Versorgungsflügen zur ISS transportiert SpaceX mittlerweile auch Menschen in den Weltraum. Zunächst gab es eine Probe-Mission mit nur zwei Astronauten. Seitdem sind immer vier Astronauten an Bord der Rakete. Nach der Probe-Mission fanden bereits zwei richtige Missionen statt: Sie hießen Crew-1 und Crew-2. Deswegen hieß die nachfolgende Mission auch Crew-3.

Zu Crew-3 gehörten Matthias Maurer als Mission Specialist-2 (ESA), Kayla Barron als Mission Specialist-1 (NASA), Raja Chari als Mission Commander (NASA) und Thomas Marshburn als Mission Pilot (NASA). Und für den Raketenstart von genau dieser Mission bin ich nach Amerika geflogen. Ich konnte es kaum erwarten zu erleben, wie die Falcon-9-Rakete abhebt.

Das wird bestimmt ganz schön laut, dachte ich mir damals. Als ich mir die anderen Raketenstarts am Fernseher ansah, musste ich den Ton immer leise stellen. Sonst war das echt zu laut. Und wenn man vor Ort ist, soll man sogar spüren können, wie der Boden unter den Füßen vibriert.

Noch bevor ich in die USA flog, habe ich mich so gut wie möglich auf die Reise vorbereitet. Es gab ein paar Informationen online, die ich mir durchlesen konnte. Doch das hat mir nicht gereicht. Ich wollte noch mehr wissen. Immerhin würde ich einen Raketenstart selbst erleben. Das ist so etwas Besonderes und Großes! Da will ich nichts verpassen. Ich wollte die beste Sicht auf die Rakete haben und den Start der Crew-3-Mission live miterleben.

Im Internet hatte ich gelesen, dass man in Cape Canaveral überall Astronauten treffen kann. Und das stimmt! Man trifft sie wirklich: im Hotel, im Restaurant oder am Flughafen. Der italienische ESA-Astronaut Luca Parmitano hatte mich am Flughafen angesprochen, weil ich meinen Crew-3-Rucksack trug.

Luca war bereits mehrmals im Weltraum und konnte auch schon Weltraumspaziergänge machen. Dabei tragen die Astronauten ihren weißen Weltraumanzug und machen Reparaturen an der ISS. Wir haben uns auch über die vergangenen Apollo-Mondmissionen unterhalten. Das war superspannend.

Das bin ich und der italienische ESA-Astronaut Luca Parmitano am Flughafen. Er fand meinen Rucksack cool und hat mich darauf angesprochen. Foto: PL privat

KAPITEL 3

Ein Raumfahrtzentrum namens Kennedy Space Center

Ich war auch im Kennedy Space Center. Dort habe ich die Astronautin Jasmin Moghbeli und den Astronauten Mike Hopkins getroffen. Beide arbeiten bei der NASA. Auch Mike war schon im Weltraum und auf der ISS. Er ist mit der Crew-1-Mission von SpaceX zur ISS geflogen. Jasmin könnte die erste Frau werden, die auf dem Mond landet. Sie hat mir über ihre Ausbildung zur Astronautin erzählt. Sie ist Testpilotin und ist somit schon ganz schön viel geflogen.

Die meisten amerikanischen Astronauten sind Piloten. In Europa haben die Astronauten und Astronautinnen meistens noch zusätzlich wissenschaftliche Berufe.

Die Ausbildung zur Astronautin oder zum Astronauten ist gar nicht so leicht. Um die Schwerelosigkeit zu simulieren, müssen die Auszubildenden ihre Raumanzüge anziehen und unter Wasser in einem riesigen Schwimmbecken trainieren. Oder sie machen Übungen in der Wüste und da ist es ganz schön heiß. Und dabei noch einen Raumanzug tragen? Da muss man bestimmt ganz schön viel schwitzen.

Auch Mike konnte ich sehr viele Fragen stellen. Dabei habe ich herausgefunden, dass wir beide im gleichen Hotel wohnten. Und genau da habe ich ihn dann noch einmal beim Frühstück gesehen. Als Mike mich ganz locker begrüßt hat, war ich sprachlos und überglücklich. Es war mega-cool, dass er sich noch an mich erinnert hat. Dabei laufen doch so viele Kinder und Jugendliche im Kennedy Space Center herum.

Das sind der deutsche ESA-Astronaut Alexander Gerst und ich in Florida. Ich habe ihn zufällig beim Essen getroffen.

Foto: PL privat

In einem Restaurant am Strand habe ich sogar den deutschen ESA-Astronauten Alexander Gerst getroffen. Er war bereits zweimal auf der ISS. Zufälligerweise saß er am Nebentisch und ich durfte spontan ein Interview mit ihm führen. Das könnt Ihr weiter hinten in diesem Buch auf Seite 64 lesen.

Ich war erst seit drei Tagen hier und hatte schon so viel erlebt und gesehen. Die Reise war für mich jetzt schon mehr als gelungen und das Beste: Der Start kam erst noch!

KAPITEL 4

Kennedy und der Traum vom Mond

Das Kennedy Space Center ist ein magischer Ort. Es ist wie ein Disneyland nur für Leute wie mich, die die Raumfahrt über alles lieben. Seitdem ich in den USA gelandet war, habe ich jeden Tag im Kennedy Space Center verbracht. Es ist übrigens nach dem damaligen US-Präsidenten John F. Kennedy benannt, der leider bei einem Attentat erschossen wurde.

Warum benannte man das Space Center in Florida nach dem damaligen US-Präsidenten John F. Kennedy? Er befand sich am 12. September 1962 an der Universität Rice in Houston, also im US-amerikanischen Bundesstaat Texas. Dort hat er der Bevölkerung verkündet, dass die USA zum Mond fliegen werden:

„Einige sagen, warum der Mond? Warum wählen wir ihn als unser Ziel? Und sie könnten genauso gut fragen, warum den höchsten Berg besteigen? Warum vor 35 Jahren den Atlantik überfliegen? Wir haben uns entschlossen, zum Mond zu fliegen. Wir haben uns entschlossen, noch in diesem Jahrzehnt zum Mond zu fliegen – nicht, weil es leicht ist, sondern weil es schwer ist.“

Und tatsächlich landeten die Amerikaner nur sieben Jahre später auf der Mondoberfläche. Am 20. Juli 1969 landete die Apollo-11-Mission auf dem Erdtrabanten. Der erste Mensch, der den Mond betrat, war Neil Armstrong. Während er seinen Fuß aufsetzte, sagte er: „That’s one small step for man – one giant leap for mankind.“

Das Foto zeigt die Apollo-11-Mission auf dem Mond. Die Landefähre im Hintergrund heißt Eagle und daneben befindet sich die US-Flagge.

„Es ist ein kleiner Schritt für einen Menschen, aber ein gewaltiger Sprung für die Menschheit", heißt es auf Deutsch.

Wegen der Zeitverschiebung war es in Deutschland dann bereits der frühe Morgen des 21. Juli 1969. Der zweite Mensch auf dem Mond war Armstrongs Kollege Buzz Aldrin. Nach ihren Missionen gab es noch weitere Apollo-Missionen. Insgesamt sind zwölf Amerikaner auf der Mondoberfläche gelandet. Leider konnte John F. Kennedy das nie miterleben, denn er starb bereits am 22. November 1963.

Das ist der Fußabdruck von Buzz Aldrin auf der Mondoberfläche. Er war die zweite Person, die den Mond betrat. Auch er flog mit der Apollo-11-Mission zum Mond.

Quelle: pixabay.com/WikiImages

Präsident Kennedy hat mit seiner Rede über seinen Traum von einer amerikanischen Mondlandung diese überhaupt erst möglich gemacht. Aus diesem Grund hat sich die NASA dafür entschieden, das Space Center am amerikanischen Weltraumhafen Cape Canaveral nach John F. Kennedy zu benennen. Träume können also wirklich wahr werden!

KAPITEL 5

Wie Disneyland für Raumfahrt-Fans

In dem Kennedy Space Center war ich jeden Tag. Man kann dafür eine Tageskarte kaufen. Entweder bezahlt man die Karte sofort am Eingang oder man kann sie vor dem Flug im Internet kaufen. Hier gibt es so viel zu sehen und zu erleben. Warst du schon mal im Disneyland? Oder einem anderen Vergnügungspark? Hier ist es fast genauso. Für mich war es aber noch viel schöner. Direkt am Eingang ist ein großer Garten mit ganz vielen Raketen.

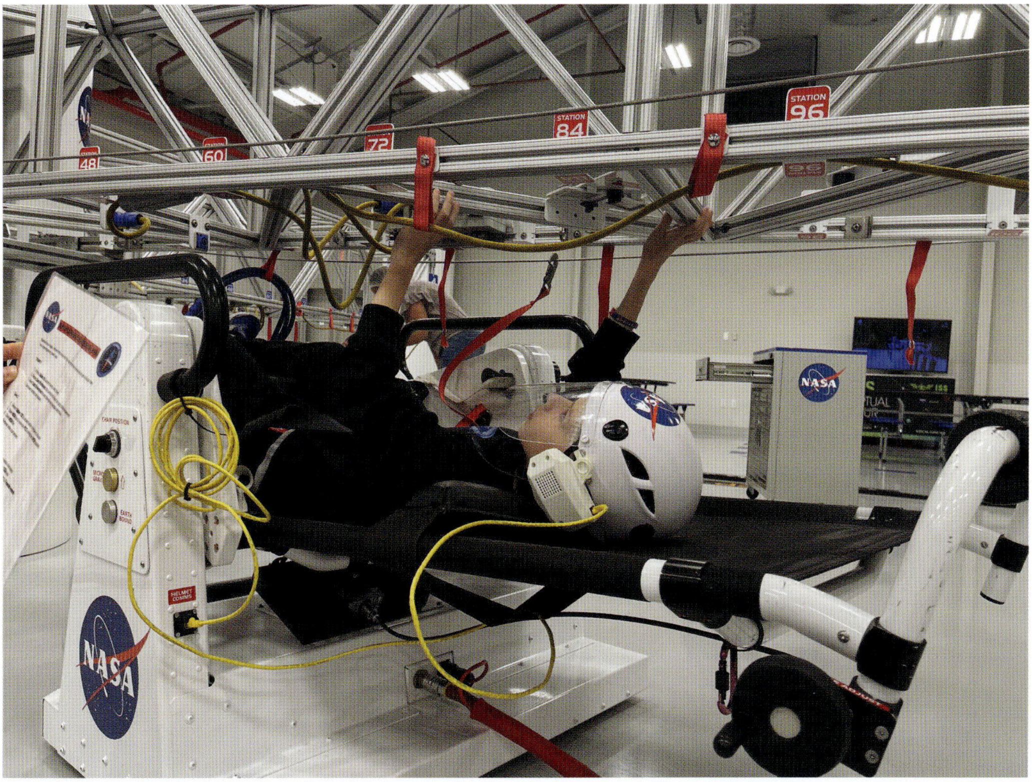

Hier habe ich getestet, wie sich ein Außenbordeinsatz im Weltraum anfühlt. Fotos: PL privat

Nebenan ist die Astronauten-Trainingsstation. Da wollte ich so gerne hin. Leider waren die Karten immer ausverkauft. Doch dann hatte ich Glück. An meinem letzten Tag habe ich endlich eine Eintrittskarte für die Trainingsstation bekommen. Dabei durfte ich auch trainieren, wie sich ein Außenbordeinsatz auf der ISS anfühlt. Danach setzte ich mir eine VR-Brille auf und war plötzlich auf dem Mars. Ich konnte dort spazieren gehen und Steine einsammeln. Das war überwältigend. Ich habe mich dabei wie ein echter Astronaut gefühlt, der auf dem Mars ist. Danach konnte ich auch einen Mond-Rover ausprobieren. Das Training hat insgesamt sechs Stunden gedauert und superviel Spaß gemacht.

Links: So sieht der Raketengarten am Kennedy Space Center Visitor Complex mit allen Raketen aus. Ganz hinten liegt die Saturn-V-Rakete, mit der die Apollo-Missionen zum Mond geflogen sind.

Im Kennedy Space Center gibt es auch den größten Raumfahrt-Shop der Welt. Der ist wirklich groß, geht über zwei Stockwerke. Neben Spielzeug-Raketen gibt es dort massenhaft naturgetreue Modelle von Raketen. Sogar Spielzeug von Lego wie die Mondrakete Saturn V oder die Internationale Raumstation ISS. Die hatten auch das Landefahrzeug der Mondmission Apollo 11 dort und ein Spaceshuttle aus Lego-Steinen. Dann gab es auch noch Weltraum-Anhänger, Postkarten, ganz viele Souvenirs, Kuscheltiere, die wie Planeten aussahen und Weltraum-Kleidung.

Hier posiere ich mit meinem ESA-Polohemd vor der Fertigungshalle für Raketen (Vehicle-Assembly-Building, abgekürzt: VAB).
Foto: PL privat

Zum Mittagessen bin ich in das Restaurant „Orbit Café“ gegangen. Wenn du dort auch mittagessen möchtest, gebe ich dir einen Tipp: Geh lieber etwas früher dorthin. Sonst ist die Warteschlange superlang und du musst erst mal draußen warten.

Und wenn man Hunger hat, ist das einfach blöd …

Im Orbit-Café solltest du auch essen gehen. Aber geh lieber etwas früher als zur üblichen Mittagszeit hin, sonst ist die Schlange superlang. Manchmal trifft man dort auch Astronauten oder Astronautinnen.

Bild: PL privat, Elona Cecyte

KAPITEL 6

Der Raketenstart wird verschoben – und ich muss zurück nach Deutschland

Dann kam der Tag des Starts. Doch irgendwie lief ausgerechnet dann alles schief. Das Wetter spielte verrückt und es regnete ganz doll. Da bekam ich Angst, die NASA würde den Raketenstart verschieben. Das wäre mein persönlicher Weltuntergang! Ich war doch extra für diesen Start in die USA geflogen. Wenn ich noch länger bliebe, würde ich die Schule verpassen.

Die NASA hatte schon sehr oft Starts verschoben. Eigentlich ist das nicht weiter schlimm, die Sicherheit geht eben immer vor. Doch ich musste ja bald wieder zurück nach Deutschland. Nein! Sie durften den Start nicht verschieben. Nicht heute! Wenn sie heute nicht starteten …

… und dann die schlechteste Nachricht, die man sich überhaupt vorstellen kann: Der Raketenstart wurde tatsächlich verschoben. Und schon am nächsten Tag würde mein Flug zurück nach Deutschland gehen.

Nein. Nein! NEIN! Das darf nicht sein, dachte ich. Ich war so traurig. Enttäuscht. Verzweifelt. Ich war doch jetzt extra hier, in Florida. Warum musste das doofe Wetter gerade an diesem Tag so schlecht sein?

Den Start mitzuerleben hatte ich mir schon lange so sehr gewünscht. Meine Lehrerin wusste, dass ich mich sehr für Raumfahrt begeistere, weil ich in der Schule von nichts anderem redete. Also habe ich entschieden, mit meiner Lehrerin zu sprechen.

Hier blicke ich aufs Meer von meinem Hotelzimmer aus. In ein paar Tagen soll die Falcon-9-Rakete eigentlich starten, aber der Launch wurde – wie sich später herausgestellt hatte – verschoben.
Foto: PL privat

Das war gar nicht so einfach bei sechs Stunden Zeitverschiebung. Ich habe ihr zuerst eine E-Mail geschrieben und sie hat auch geantwortet. Dann habe ich sie per Video Call angerufen und erzählt, dass ich in Florida war und den Raketenstart von SpaceX anschauen wollte. Doch das Wetter war die letzten Tage zu schlecht für den Start. Denn den Astronauten darf nichts passieren, aber jetzt müsste ich zurück in die Schule und der Raketenstart sollte doch in dieser Woche bereits nachgeholt werden.

Ich habe lange mit meiner Lehrerin gesprochen und dann hat sie den schönsten Satz gesagt, den ich je gehört habe: „Du kannst dir den Start anschauen." Ich darf mir den Start anschauen? Das hatte sie gerade gesagt? Ich durfte mir den Start anschauen! Ja! Aber dafür musste ich ihr versprechen, dass ich alles Verpasste in der Schule nachholen und über meine Erlebnisse einen Vortrag halten würde.

KAPITEL 7

Der große Tag des Raketenstarts

Es war drei Tage später, als sich mein größter Traum dann doch endlich erfüllte. Das Wetter war wieder regnerisch, doch es sollte bald aufhören, hieß es im Wetterbericht. Und auch die NASA hielt an ihren heutigen Startplänen fest.

Auf allen YouTube-Kanälen, die ich mir anschaute, hieß es, man solle rechtzeitig losfahren, ansonsten wären die besten Plätze zum Zuschauen bereits besetzt. Kurz vor dem Start soll auch der Straßenverkehr immer sehr stark sein. Außerdem sind die Sicherheitskontrollen sehr streng und dauern lange.

Von den YouTube-Videos habe ich gelernt, was man alles dabeihaben sollte. Ich war früh morgens bereits fertig angezogen und mein Rucksack war gepackt. Ich hatte ein iPad, eine warme Jacke, Wasserflaschen und etwas zu essen dabei. Normalerweise stehe ich nicht so früh auf. Ich wollte aber so gerne den besten Platz erwischen und wollte keine Sekunde des Raketenstarts verpassen.

Dann war ich endlich dort. Am Eingang habe ich die Astronautin Jasmin Moghbeli wiedergetroffen. Sie war sehr gut gelaunt und ruhig. Das hat mir ein gutes Gefühl gegeben und auch ich wurde etwas ruhiger. Plötzlich war ich nicht mehr so nervös und hatte viel weniger Angst davor, dass der Start wieder abgesagt würde. Sie begleitete mich durch die Sicherheitskontrolle. Danach habe ich mir vorsichtshalber doch noch schnell eine Regenjacke gekauft.

Dann musste ich aber schnell sein. Ich bin zum Bus geeilt, der zu den Banana Creek-Sitzplätzen fuhr. Da sollte es die besten Sitzplätze mit der besten Aussicht auf den Raketenstart geben. Banana Creek ist so nah an der Rakete wie kein anderer Beobachtungsplatz. Es heißt, man würde hier das sogenannte „feel the heat“ erleben.

Die NASA-Astronautin Jasmin Moghbeli und ich am Aussichtspunkt Banana Creek. Von hier aus soll man den besten Blick auf Raketenstarts von SpaceX haben. Foto: PL privat

Weil es so nah an der Raketenplattform gelegen ist, sollte man hier also sogar die Hitze vom Raketenstart spüren können. Ich war gespannt und freute mich schon richtig darauf. Trotzdem hatte ich noch ein wenig Angst davor, dass der Start erneut abgesagt würde. Ich fragte mich, ob ich meine Lehrerin nochmal überreden könnte, länger hierzubleiben. Dann habe ich den Gedanken schnell wieder verworfen. Nicht, dass er noch wahr würde.

Ich hatte auch richtig Glück mit den Karten, denn ich hatte sie online gekauft – aber Vorsicht: Man muss mehrmals am Tag auf der Seite nachschauen! Die Karten sind begehrt und oft schnell ausverkauft. Glück gehabt! Ich hatte meine Eintrittskarte!

KAPITEL 8

Schlangen und Alligatoren

Zum Glück war ich so früh losgefahren. Als ich ankam, war die Tribüne noch leer und die Countdown-Uhr zeigte „T-00 Tage, 02 Stunden, 28 Minuten, 22 Sekunden“ auf dem Display an. Mir war dennoch etwas mulmig. Ich dachte: „Bin ich der Erste hier? Oder bin ich hier verkehrt? Muss ich doch zu einer anderen Tribüne? Oh mein Gott, hoffentlich bin ich vor lauter Eile nicht in den falschen Bus gestiegen!“

Was, wenn doch? Verpasse ich dann den Start? Ich habe einen Mitarbeiter gefragt, wo denn alle Zuschauer bleiben würden: „Es sind doch nur noch zwei Stunden bis zum Start.“ Der Mann lachte. Es war aber kein böses, sondern ein freundliches Lachen. Dann sagte er, dass es noch sehr viel Zeit bis zum Start sei und ich dürfte mir ruhig einen Platz aussuchen.

Foto: PL privat

Ich wollte so viel wie möglich von dem Raketenstart sehen, also ging ich ganz nach oben auf die Tribüne. Von dort oben konnte man am meisten sehen.

Unten an der Tribüne gab es viele Büsche und einige Pflanzen. Dort hing auch ein Schild: „Snakes and Alligators“. Schlangen und Alligatoren?! Das findet man in Deutschland nirgendwo. Manchmal findet man vielleicht eine Schlange. Aber ein Alligator? Nur im Zoo. Das war witzig, aber auch ein wenig beunruhigend. Nicht, dass hier einfach ein Alligator vorbeischaute. Aber ich gebe zu: Auch deswegen wollte ich so schnell – und so weit es ging, nach oben auf die Tribüne gehen. Sonst hätte ich vielleicht einen Platz weiter unten oder in der Mitte genommen. Aber ganz oben kann man auch viel mehr sehen. Und falls doch ein Alligator vorbeikäme, würde er ja nicht nach oben auf die Tribüne klettern. Und es war ja auch ein Zaun dazwischen.

Vom Banana Creek konnte man richtig gut sehen. Zwar war die Startrampe ziemlich weit weg … aber ich konnte die Rakete sehen. Vor Freude konnte ich meine Tränen nicht mehr zurückhalten. Ich war so glücklich. Endlich ging mein Traum in Erfüllung! Ich schaute auf die Rakete und obwohl es noch dunkel war – denn es war ja noch

sehr früh am Morgen – konnte ich die Falcon-9-Trägerrakete von SpaceX sehen. Sie war strahlend weiß. Zwischen mir und ihr war nur ein kleiner See. Wie groß sie war, so groß wie ein Hochhaus. Es kam ein wenig weißer Rauch aus der Rakete heraus, aber das ist wohl normal. Der Treibstoff ist tiefgekühlt und ein Teil davon verdampft beim Betanken der Rakete. Die Dragon-Raumkapsel von SpaceX, in dem die Astronauten saßen, befand sich an der Spitze der Rakete.

Ich, ein kleiner Junge aus dem Saarland, war hier! Und ich war richtig stolz auf den anderen, großen Saarländer, der gerade in der Kapsel saß. Mein Traum und sein Traum gingen gerade gemeinsam in Erfüllung. Mir schossen wieder Tränen in die Augen. Diesmal nicht nur vor Glück. Auch vor Stolz und vor Dankbarkeit.

Bis zum Start dauerte es noch fast zwei Stunden. Hier am Banana Creek gab es einen großen Bildschirm, auf dem man die Astronauten in ihrer Raumkapsel beobachten konnte. Das alles war live.

KAPITEL 9

Ankunft der anderen Zuschauer

Ich wartete schon seit über einer Stunde. Mittlerweile kamen weitere Busse mit noch mehr Zuschauern an. Die Tribüne füllte sich langsam.

Hinter mir saß ein kleiner Junge. Ich glaube, er war vielleicht vier oder fünf Jahre alt und er wollte mir unbedingt seine Spielzeugautos zeigen. Er hatte eine große Tüte voller Spielzeug dabei. Ich fragte mich: „Warum bringt jemand so etwas mit zu einem so historischen Ereignis?“ Ich war ganz schön verdutzt. Vielleicht war er ja noch zu klein, um diesen Augenblick in seiner vollen Bedeutung zu verstehen.

Es war der erste Raketenstart, den ich live miterlebte und dieses Mal nicht nur vor einem Bildschirm sitzend. Ich war so aufgeregt. Es dauerte jetzt nur noch wenige Minuten bis zum Start und ich durfte keine Sekunde davon verpassen. Ich musste mich konzentrieren.

Zum Glück hatte es aufgehört zu regnen. Der Start wird wirklich stattfinden! Außerdem konnte ich endlich meine neue Regenjacke ausziehen. Dann kam Jasmin zu mir auf die Tribüne, was mich sehr gefreut hat. Sie konnte bestimmt sehen, wie aufgeregt ich war. Sie lächelte und wir beide haben uns einen guten Start gewünscht. Es war überwältigend! Ich platzte fast vor Begeisterung und meine Augen leuchteten. Die Countdown-Uhr zählte rückwärts runter: „Fünf, vier, drei …” Aus den Lautsprechern ertönte: *„… two, one, zero and lift-off!“*

Die Erde begann zu beben und mit ihr die Tribüne. Die Rakete schien zunächst still stehen zu bleiben, eingehüllt in eine Feuerwalze und dichten Rauch. Aber dann hob sie doch ab, erst ganz, ganz langsam und dann immer schneller. Und schneller. Und schneller.

Ich erlebte den Start dieser riesigen Rakete wie in Zeitlupe. Aus dem Flammenmeer und der Rauchwolke hob die Falcon 9 vom Boden ab und stieg in den Himmel auf. Sie flog immer höher und höher, bis sie nur noch ein winziger, leuchtender Punkt am Himmel war.

Und ich habe die Hitze gespürt. Ja! Ich habe die Hitze tatsächlich gespürt! Das Internet hatte nicht übertrieben.

Dann spürte ich die Druckwelle von den Triebwerken. Sie traf meinen ganzen Körper. Alle Pflanzen vor der Tribüne bogen sich in unsere Richtung. Auch ich wurde nach hinten gedrückt. Ich glaube, sogar die Tribüne hat sich etwas geneigt. Aber das war mir in dem Moment egal. Sie hätte auch zusammenbrechen können, meine Augen blieben immer noch starr auf den Himmel gerichtet! Den Kopf weit nach hinten geneigt, sah ich, wie die Rakete weiter in die Höhe stieg, Richtung Weltall!

Dann verschwand die Rakete in den Wolken. Aber plötzlich stieß sie über der Wolkendecke wieder hervor. Sie zeigte sich noch einmal in ihrer ganzen Schönheit. Dieses Mal war der ganze Himmel hell erleuchtet. Wow!

Die Rakete war erfolgreich gestartet, die Crew-3 war auf dem Weg zur Internationalen Raumstation ISS und alle meine Träume waren mit an Bord. Was für ein Tag!

Auf meiner Reise habe ich viel über Astronauten und die Raumfahrt gelernt. Mein Traum, einen Raketenstart live mitzuerleben, wurde zur Wirklichkeit. Aber was noch viel wichtiger ist: Ich weiß jetzt, dass ich auf dem richtigen Weg bin und dass dieser gerade erst begonnen hat. Es gibt noch so viele Dinge zu erleben und zu lernen!

Ich hoffe, meine Geschichte konnte dich genauso für den Weltraum und die Raumfahrt begeistern, wie ich mich dafür begeistere. Und ich glaube, dass sich auch deine Träume bald erfüllen werden.

Crew-3
Raketenlaunch
DANGER
ALLIGATORS
AND SNAKES
IN AREA

Mein Interview mit dem Austronauten Alexander Gerst

PL: ***Was würden Sie als Erstes machen, wenn Sie auf dem Mond landen dürften?***

Alexander Gerst: Wenn wir als Menschen wieder auf dem Mond landen, dann werden das bald auch längere Aufenthalte sein. Anders als vor 50 Jahren, wo wir in einem Wettrennen schnell dahin geflogen sind und dann nur kurz da waren.

Wenn wir jetzt noch mal fliegen, dann werden wir das nachhaltiger tun und als Wissenschaftlerinnen und als Wissenschaftler länger dortbleiben. Wir wollen den Mond verstehen, weil er eigentlich unser achter Kontinent ist. Er gehört zur Erde, er ist aus der Erde entstanden.

Wir müssen unseren Mond erkunden und verstehen, so wie wir es vor 100 Jahren mit der Antarktis getan haben.

Damals gab es Leute, die gesagt haben, die Antarktis seit wüst und leer, da ist nur Eis, es ist kalt und es ist teuer und gefährlich, dahin zu fahren. Und jetzt sind dort sehr viele Wissenschaftsstationen, die uns helfen, unseren Planeten besser zu verstehen und zu schützen.

Genau das Gleiche wird mit dem Mond passieren. In 50 oder 100 Jahren wird es auf dem Mond Wissenschaftsstationen geben – keine Dörfer. Dort werden keine Menschen nur zum Spaß leben, dafür ist es zu lebensfeindlich, zu schwierig. Aber es wird Wissenschaftsstationen geben wie in der Antarktis.

PL: ***Und was müssen wir machen, damit dort Mondstationen errichtet werden?***

Alexander Gerst: Was wir jetzt machen, sind die ersten Schritte dorthin. Deswegen, glaube ich, ist es wichtig, dass wir nicht nur schauen, was wir als Erstes machen und darauf so viel Gewicht legen. Sondern es ist viel wichtiger, dass wir einen Plan entwickeln für die nächsten Jahrzehnte, um dort Forschung zu betreiben. Vielleicht mache ich einen der nächsten Schritte, oder einer meiner Kolleg:Innen. Vielleicht machst du einen der Schritte danach und vielleicht machen deine Kinder dann die nächsten Schritte. Dass wir diesen Weg gehen, ist das Wichtige!

PL: ***Das wäre toll! Was würden wir auf dem Mond erforschen?***

Alexander Gerst: Durch wissenschaftliche Arbeiten auf dem Mond könnten wir sehr viel über uns selbst lernen: Wir wissen beispielsweise noch gar nicht, wie genau wir die Erde vor Asteroideneinschlägen schützen können oder wie hoch die Gefahr eines Einschlages ist, da wir auf der Erde nicht mehr viele Meteoriteneinschläge sehen können. Auf dem Mond sehen wir alle. Wenn wir die dort untersuchen und zum Beispiel das Alter der Einschläge bestimmen, dann können wir viel besser ausrechnen, wie gefährlich das eigentlich gerade für uns hier auf der Erde ist.

Des Weiteren kann der Mond uns dabei helfen, mit einem Teleskop weiter ins Weltall zu schauen, um Asteroiden früher zu erkennen, bevor sie die Erde treffen. Vielleicht kann er uns auch helfen, ein System zu stationieren, mit dem wir die Erde schützen können.

Die Forschungsarbeit ist nur eine von vielen Gründen, die uns sagen: Wir müssen zum Mond! Aber der wichtigste, der allerwichtigste Grund, warum wir zum Mond müssen – der ist unbekannt.

Alexander Gerst auf seiner Mission Horizons auf der ISS. Foto: ESA / NASA

EXIT
GALLEY
To FGB

Das wissen weder du noch ich. Das ist wie bei allen Entdeckungsreisen. Das hat sich im Nachhinein immer so rausgestellt: die wichtigsten Gründe, warum wir entdecken, ... die können wir uns vorher noch gar nicht vorstellen.

PL: ***Was ist das Schönste daran, ein Astronaut oder eine Astronautin zu sein?***

Alexander Gerst: Da gibt es so vieles. Es sind die Experimente, die man dort oben machen kann. Es ist das Erlebnis der Schwerelosigkeit. Es ist der Blick auf die Erde. Ein sehr, sehr wichtiger Teil, finde ich, ist auch, dass wir viele Menschen inspirieren! Solange andere Menschen noch nicht die Möglichkeit haben, in den Weltraum zu fliegen, und von außen auf unsere Erde runterzuschauen, bringen wir als Astronautinnen und Astronauten diese Perspektive zurück zur Erde. Wir beschreiben anderen Menschen, wie es dort war und wie wichtig es ist, auf sie aufzupassen. Dass wir die Perspektive transportieren, dass unsere Erde in Wirklichkeit ein kleiner blauer Planet ist, ein kleines blaues Raumschiff, das einmal im Jahr um die Sonne fliegt. Dass wir alle nicht nur Passagiere sind, sondern

Astro Alex schaut Fußball auf der ISS.
Foto: ESA / NASA

die Crew – du und ich, wir alle hier. Als Crew dieses Raumschiffes ist es unsere Verantwortung darauf aufzupassen. Das ist eine Perspektive, die man bekommt, wenn man aus dem Weltraum auf die Erde zurückschaut. Zusammengefasst: Es ist ein unvergessliches Erlebnis!

PL: ***Und wie fühlt sich der Start einer Rakete an?***

Alexander Gerst: So ein Start ist grandios! Als Astronaut oder als Astronautin hat man lange darauf hingearbeitet, lange trainiert. Man hat natürlich immer so ein bisschen Sorgen vorher gehabt, dass vielleicht noch etwas dazwischenkommt – ein technisches Problem, oder dass man sich ein Bein bricht und dann doch nicht starten kann.

Wenn man dann plötzlich auf der Rakete sitzt, auf der Startplattform, dann ist man mit sich zufrieden und mit sich im Reinen, weil man weiß: Ich habe es bis hierher geschafft! Jetzt kann nicht mehr so viel dazwischenkommen, zumindest weniger als vorher. Und man kann sich darauf freuen, dass es jetzt losgeht.

Die Vorbereitungen zum Außenbordeinsatz von Alexander. Foto: ESA / NASA

Aber man hat natürlich auch viele Dinge im Kopf. Man muss sich um die Prozeduren kümmern, man muss schauen, dass man das Raumschiff ordentlich bedient. Man muss viel kontrollieren und man muss auf wirklich alles gefasst und vorbereitet sein.

Das heißt: Wir sind alle sehr konzentriert. Das sieht man auch, wenn man den Astronautinnen und Astronauten kurz vor dem Start ins Gesicht schaut. Die sind konzentriert und fokussiert, die sind angespannt – die schauen auf alles, damit ihnen nichts entgeht. Das ist ein Gefühl, das man als Astronaut oder Astronautin nicht abschalten kann. Deswegen hat man gar nicht so viel Zeit, über alles andere nachzudenken. Der Start wurde vorher im Simulator oft trainiert. In Wirklichkeit fühlt es sich dann auch zuerst sehr ähnlich an. Man sitzt da drin und es sieht genauso aus wie im Simulator.

Und dann plötzlich geht es los. Die Triebwerke gehen an und schieben einen hoch. Man wird beschleunigt. Das alles hat man im Simulator vorher nicht so erlebt. Diese heftige Beschleunigung ist eine sehr faszinierende Erfahrung. Man denkt sich: Wow, das ist krass. Das geht ja richtig ab!

Am Anfang ist es so ähnlich wie beim Flugzeugstart. Aber dort beschleunigt man nur für eine kurze Zeit und dann hört es wieder auf. Beim Raketenstart wird die Kraft, mit der man in den Sitz gedrückt wird, immer mehr, immer stärker und sie hört gar nicht mehr auf, bis die Triebwerke abschalten, 9 Minuten später. Man fühlt die enorme Gewalt dahinter, die einen jetzt von der Erde wegreißt und in den Weltraum nach oben schiebt.

Das ist ein unfassbar tolles Erlebnis, das man den Astronautinnen und den Astronauten auch ansehen kann, wenn sie im Orbit sind. Alle haben ein richtig breites Grinsen im Gesicht!

PL: ***Zum Schluss, Herr Gerst, noch eine letzte Frage. Ich habe die Kinder auf der Schaukel zum Mond geschickt, in einer Fantasie natürlich. Es hat sich aber sehr real und echt angefühlt. Haben Sie als Kind auch gerne geschaukelt?***

Alexander Gerst: Oh ja, ich liebe Schaukeln. Einmal habe ich mit einem Freund zusammen 100 volle Überschläge hintereinander ohne Pause in einer Schiffschaukel gemacht. Danach war mir fast ein wenig schlecht … 😉

Raumfahrtagenturen

Damit Menschen in den Weltraum fliegen können, braucht es nicht nur Raketen und Raumschiffe. Es braucht viele Ingenieure, Wissenschaftler und auch einiges an Geld.

Die verschiedenen Länder auf der Welt haben unterschiedliche Raumfahrtbehörden oder Raumfahrtagenturen, die sich um alles kümmern. Manchmal gibt es auch einen Zusammenschluss von verschiedenen Agenturen, wie es in Europa beispielsweise der Fall ist.

ESA (European Space Agency) in Europa
(Belgien, Dänemark, Deutschland, Estland, Finnland, Frankreich, Griechenland, Großbritannien, Irland, Italien, Luxemburg, die Niederlande, Norwegen, Österreich, Polen, Portugal, Rumänien, Schweden, die Schweiz, Spanien, die Tschechische Republik und Ungarn)
esa
esa
ROSKOSMOS in Russland
CNSA (China National Space Administration) in China
ISA (Israel Space Agency) in Israel
UAESA (United Arab Emirates Space Agency) in den Vereinigten Arabischen Emiraten
JAXA (Japan Aerospace Exploration Agency) in Japan
ISRO (Indian Space Research Organisation) in Indien

ESA

In Europa wird das Raumfahrtgeschäft von der **European Space Agency**, der europäischen Raumfahrtbehörde ESA geleitet. Sie wurde 1975 gegründet. Die ESA erforscht das Weltall und lässt von europäischen Betrieben wie Airbus oder OHB Satelliten bauen, die dann von Arianespace Group oder NASA und SpaceX ins Weltall geflogen werden. Dabei unterstützt sie auch den Aufbau neuer Start-ups in der Raumfahrtbranche.

Zudem bildet die ESA auch eigene Astronautinnen und Astronauten aus. Eine dieser Personen wird der erste „Parastronaut“ der Welt werden. Das ist eine Person mit körperlichen Einschränkungen. Damit möchte die europäische Raumfahrtbehörde mehr Gleichberechtigung im All schaffen.

Gemeinsam mit der NASA und weiteren internationalen Partnern will die ESA auch wieder Astronauten zum Mond fliegen lassen.

Ob Mond oder andere bemannte Weltraummissionen: Die ESA hat ein Problem. Ihr fehlt es an einem eigenen Raumschiff. Deswegen schickt sie ihre Astronautinnen und Astronauten mit der Hilfe von SpaceX, der NASA und manchmal auch mit anderen Raumfahrtbehörden ins All.

Quelle: pixabay.com

Das John F. Kennedy Space Center ist der Weltraumbahnhof der NASA auf Merritt Island in Florida.

Foto: PL privat

NASA

Die **National Aeronautics and Space Administration** ist die Raumfahrtbehörde der USA. Besser bekannt ist sie unter ihrer Abkürzung NASA. Sie wurde im Jahr 1958 gegründet und hat im Jahr 1969 die ersten beiden Menschen auf der Mondoberfläche landen lassen. Die Mondmissionen in den 1960er- und 1970er-Jahren hießen Apollo. Über 50 Jahre nach der letzten bemannten Mondlandung will die NASA mit dem Artemis-Programm wieder Menschen zum Mond bringen. Doch diesmal arbeitet die NASA mit ihren internationalen Partnern zusammen.

Zudem forscht die US-amerikanische Raumfahrtbehörde nicht nur, um möglicherweise fremdes Leben im Weltall zu finden. Sie will mehr über das Universum herausfinden und mit ihrer Forschung das Leben auf der Erde verbessern.

Die NASA ist vermutlich die bekannteste Raumfahrtbehörde. Das liegt unter anderem an ihren großen Erfolgen. Neben der Mondlandung hat sie auch Rover auf die Marsoberfläche gebracht oder viele Raumsonden gebaut, die das Sonnensystem erforscht haben und immer noch erforschen.

Aufbruch zum Mond

Die NASA ist nicht die einzige internationale Behörde, die zum Mond geflogen ist. Mittlerweile sind auch Nationen wie China und Indien erfolgreich auf der Mondoberfläche gelandet und damals auch die Russen. Doch das NASA-Programm Apollo hat als einziges Menschen auf dem Mond absetzen können. In den nächsten Jahren werden sicherlich noch weitere Nationen auf dem Mond landen.

Bis es so weit war, mussten aber einige Tests durchgeführt werden. Der erste Amerikaner, der im Weltraum war, ist mit einer **Mercury-Redstone-Kapsel** geflogen. Die Erdumlaufbahn wurde zum ersten Mal ein Jahr später mit einer Raumkapsel des Typs **Mercury Atlas** erreicht.

Nach dem Mercury-Programm startete die NASA das **Gemini-Programm**. Mit ihm konnten dann auch zwei Astronauten in die Erdumlaufbahn gebracht werden.

Gemini 8 war eine dieser erfolgreichen Missionen, hatte jedoch auch einige Probleme. In ihr saß Neil Armstrong, der später mit Apollo 11 auf dem Mond landete. Als die Kapsel anfing, sich zu drehen, reagierte Neil sehr schnell und brachte die Raumkapsel wieder zurück auf die Erde. Weitere Gemini-Missionen folgten und einige Astronauten dieses Programms durften später auf dem Mond landen.

Dann kamen die **Apollo-Missionen**. Das Projekt wurde von der NASA zwischen 1961 und 1972 betrieben. Die erste bemannte Mondlandung der Geschichte fand mit **Apollo 11** im Jahr 1969 statt. Es folgten fünf weitere Missionen, mit denen insgesamt 12 Menschen den Mond betreten haben. Kein anderes Land hat das bisher geschafft. Nun möchte die NASA mit internationalen Partnern wie der ESA wieder Menschen auf den Mond bringen, diesmal mit dem **Artemis-Programm**.

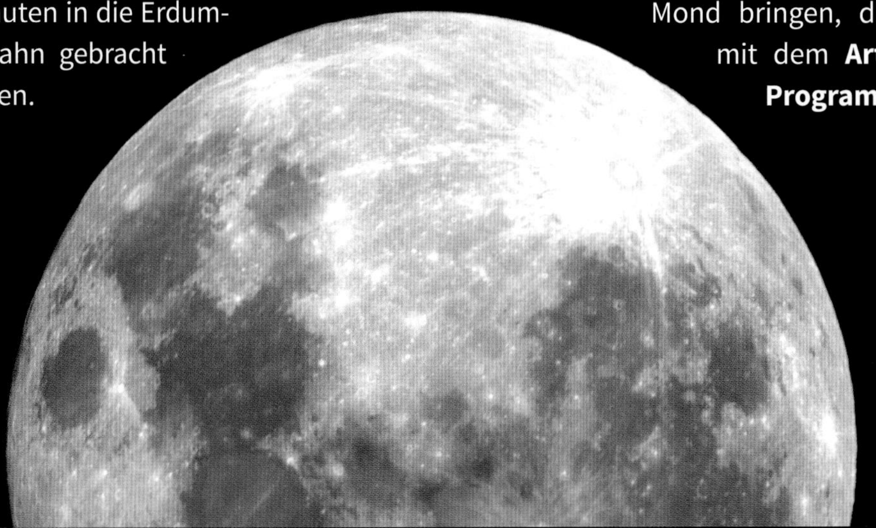

Foto: PL privat

SpaceX

SpaceX ist ein privates und erfolgreiches Raumfahrtunternehmen, gegründet von Elon Musk. Er hat es als erster Mensch geschafft, wiederverwertbare Raketen zu bauen, also Raketen, die nach dem Start wieder landen und später erneut ins Weltall fliegen können. Dazu gehören die Raketen des Typs **Falcon 9** und die noch größere Falcon Heavy. Damit hat er die Raumfahrt verändert.

Die Landung von der Falcon Heavy ist noch spektakulärer als die von Falcon 9. Beide Raketen sind zwar ähnlich aufgebaut, aber die **Falcon Heavy** hat noch zwei zusätzliche Booster-Raketen an ihrer Seite. Damit kann sie noch schwerere Fracht ins Weltall bringen. Nach dem Start wird die Falcon-Rakete von den beiden Boostern erst ganz hoch in den Himmel gebracht, bevor sie alleine weiterfliegt. Die beiden Raketen-Booster trennen sich dann von der Hauptrakete und landen gleichzeitig nebeneinander auf der Erde.

SpaceX arbeitet auch an einem Raumschiff für den Mond und den Mars. Dieses heißt **Starship** und ist auch wiederverwendbar. Dazu befindet sich das Raumschiff vor dem Start auf der Spitze einer Falcon-Heavy-Rakete. Diese soll das Raumschiff ins Weltall befördern und anschließend wieder auf der Erde landen. Diesmal soll die Rakete aber von einem Greifarm am Startturm während der Landung aufgefangen werden.

von links: Falcon 9, Falcon Heavy, Starship
Quelle: HistoricSpacecraft.com

Internationale Raumstation ISS

Wie lebt es sich im Weltraum? Das dürfen manche Astronautinnen und Astronauten auf einer Raumstation erfahren. Die Internationale Raumstation ISS fliegt in einer Höhe von etwas mehr als 400 Kilometern über dem Meeresspiegel über die Erde hinweg. Sie umrundet den blauen Planeten ungefähr alle 90 Minuten und befindet sich durch die Gravitationskräfte der Erde im freien Fall. Deswegen müssen manche Raumfrachter die ISS alle paar Wochen wieder anheben.

Die ISS ist so groß wie ein Fußballfeld und ihre ersten Module wurden 1998 in den Orbit gebracht. Damals haben vor allem die USA und Russland beim Bau der ISS zusammengearbeitet. Mittlerweile sind auch Europa, Kanada und Japan sehr wichtige Partner im Erhalt der Raumstation. Leider ist ihre Technik veraltet. Manche der Computer sind über 25 Jahre alt. Zudem muss die Raumstation immer instand gehalten werden. Deswegen haben die Raumfahrtbehörden sich dafür entschieden, die ISS ab 2030 nicht mehr zu betreiben und sicher ins Meer stürzen zu lassen. In Zukunft sollen andere Raumstationen entstehen.

FUN FACT

Das erste Lied, das im Weltall gespielt wurde, ist Jingle Bells!

Bis dahin wird es aber noch viele Experimente an Bord der Raumstation geben. Diese können beispielsweise im japanischen Modul Kibō oder dem europäischen Columbus-Modul durchgeführt werden. Dort können unter anderem neue Werkstoffe gemischt und getestet werden. Materialforschung wird dieser Forschungszweig genannt. Da es im Weltraum keine Schwerkraft wie auf der Erde gibt, funktionieren solche Experimente besser im All. Mit den im Weltall gewonnenen Erkenntnissen können die Herstellungsverfahren für die Materialien auf der Erde dann später optimiert werden.

Auf der ISS werden aber auch Experimente mit Pflanzen durchgeführt. Dort oben können die Astronautinnen und Astronauten ihren eigenen Salat züchten. Diese Erkenntnisse sind für zukünftige Missionen zum Mond und Mars wichtig. Denn dort brauchen die Raumfahrenden ebenfalls frische Nahrung.

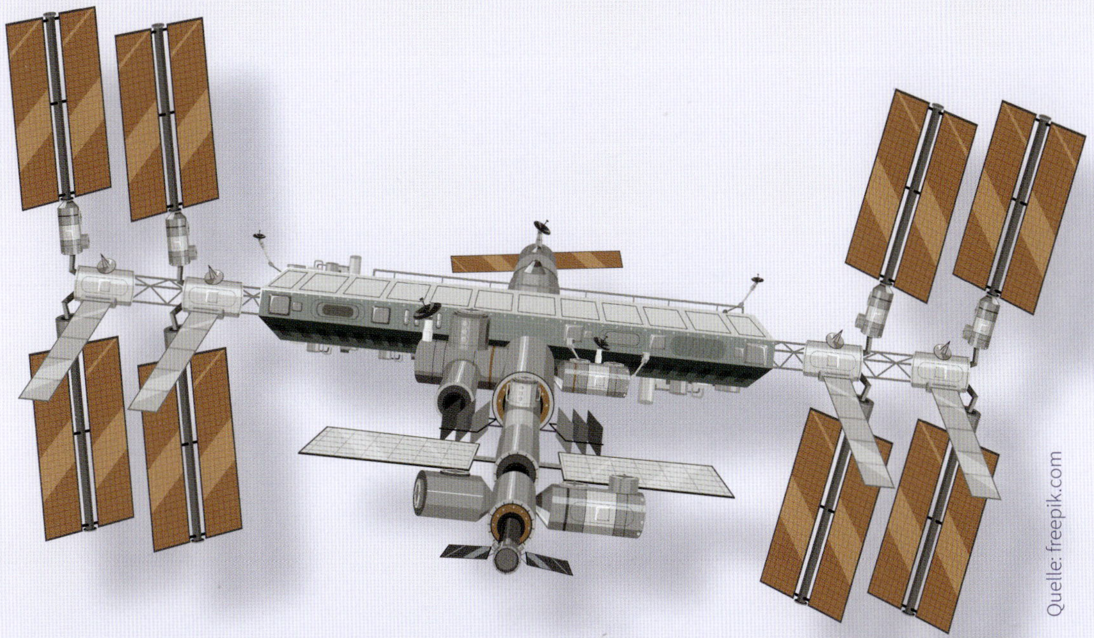

Da es auf der ISS nur wenig zusätzliches Wasser gibt, ist der Anbau dort oben sehr schwierig. Jedoch hilft er dabei, zu verstehen, wie wichtige Ressourcen wie Wasser eingespart werden können. Das gewonnene Wissen darüber kann auch für die Landwirtschaft auf der Erde genutzt werden. Derzeit werden ungefähr 80 Prozent des Wassers auf der ISS wiederverwertet. Doch im Jahr 2023 konnte mit 98 Prozent ein neuer Rekord bei der Wasseraufbereitung erzielt werden. Das restliche verlorene Wasser wird von der Erde aus zur Raumstation geschickt.

Das Leben in der Schwerelosigkeit ist herausfordernd. Die Muskeln der Raumfahrenden werden nur wenig beansprucht. Deswegen bauen die Menschen dort oben sehr schnell ab und verlieren an Muskelgewebe. Das ist der Grund, warum jeder ISS-Besucher am Tag durchschnittlich zwei Stunden Sport machen muss. Durch die Schwerelosigkeit und die Weltraumstrahlung bauen auch Zellen und Knochen ab. Das passiert normalerweise nur bei alten Menschen. Deswegen kann dieser beschleunigte Prozess dabei helfen, die Mechanismen des Zell- und Knochenabbaus besser zu verstehen. Wissenschaftler können in Zukunft dafür beispielsweise Medikamente entwerfen, die den Abbau auch bei älteren Menschen verlangsamen.

Analoge Missionen

Bemannte Missionen in der Raumfahrt können gefährlich sein. Menschen begeben sich auf für sie unerforschtes oder unerprobtes Gebiet. Deswegen werden zukünftige Raumfahrende für solche Aufträge durch analoge Missionen oder menschliche analoge Missionen (human analog missions) vorbereitet. Sie üben auf der Erde in unterschiedlichen Umgebungen Aspekte einer bemannten Mission zu einem anderen Planeten, einem Mond oder Asteroiden. Die analoge Mission ist somit eine reelle Simulation mit echten Menschen und echten Orten.

Mond-Astronauten trainieren beispielsweise das Einsammeln von Steinen in ihrer vollen Raumfahrer-Montur. Außerdem können sie in Trainingshallen üben, wie sie beim Bau von Habitaten helfen. Dabei wird unter anderem die veränderte Schwerkraft mit Hydraulik-Pumpen, die in den Raumanzügen verbaut sind, simuliert. Außerdem können die Astronauten trainieren, wie es sich anfühlt, einen Mond-Rover zu fahren.

Der deutsche ESA-Astronaut Matthias Maurer sammelt mit einem seiner Kollegen Proben auf Lanzarote ein. Damit haben sie eine analoge Mission auf dem Mond oder Mars geprobt.
Foto: ESA – A. Romeo

Eine wichtige Trainingseinheit ist die simulierte Situation in einem Habitat, in dem das Leben an Bord geübt wird. Die Astronauten sind dann mit anderen Menschen auf lange Zeit in einem kleinen Raum eingeschlossen. Das klingt

vielleicht gruselig und gemein, jedoch ist es genau die Situation, auf die die Astronautinnen und Astronauten treffen, wenn sie eine Raumstation wie die ISS besuchen. Sie können ja nicht einfach für einen Spaziergang an die nicht vorhandene frische Luft gehen. Solche analogen Missionen gehen über mehrere Tage, manchmal über Wochen.

Um an einer solchen Mission teilzunehmen, muss man nicht bei der NASA oder ESA arbeiten: Analoger Astronaut zu werden wird immer populärer und es gibt Organisationen, die ein solches Training anbieten. Die errungenen Informationen helfen dann den Wissenschaftlerinnen und Wissenschaftlern, das Umfeld für zukünftige Missionen zu verbessern.

Foto: ESA – DLR_Luna

LUNA-Trainingshalle in Köln

Analoge Missionen werden oft in speziell hergerichteten Lagern in Wüsten durchgeführt. In Deutschland gibt es jedoch auch eine eigene Trainingshalle dafür: Die ESA will ihre Astronautinnen und Astronauten in Zukunft in der Trainingshalle „Luna“ in Köln für künftige Mondmissionen fit machen. Neben den europäischen Astronauten dürfen aber auch die internationalen Partner wie die NASA hier trainieren.

Die Halle ist der Mondoberfläche nachempfunden. Hier gibt es sogar scharfkantigen Sand, wie es ihn als Regolith auch auf dem Mond gibt. Der Mondsand ist so fein und scharf, dass er sich durch die Astronautenanzüge der Apollo-Astronauten gefressen hat. Zudem werden die Lichtverhältnisse, die auf dem Mond herrschen, in der Halle simuliert.

Damit sich die analogen Raumfahrenden auch an die Gravitation des Mondes gewöhnen, werden sie mit einem Seilsystem verbunden. Dadurch fliegen sie quasi weg, wenn sie zu kräftig springen. Im Luna sollen alle Situationen simuliert werden, die in Zukunft auch auf die Astronauten auf dem Mond zutreffen.

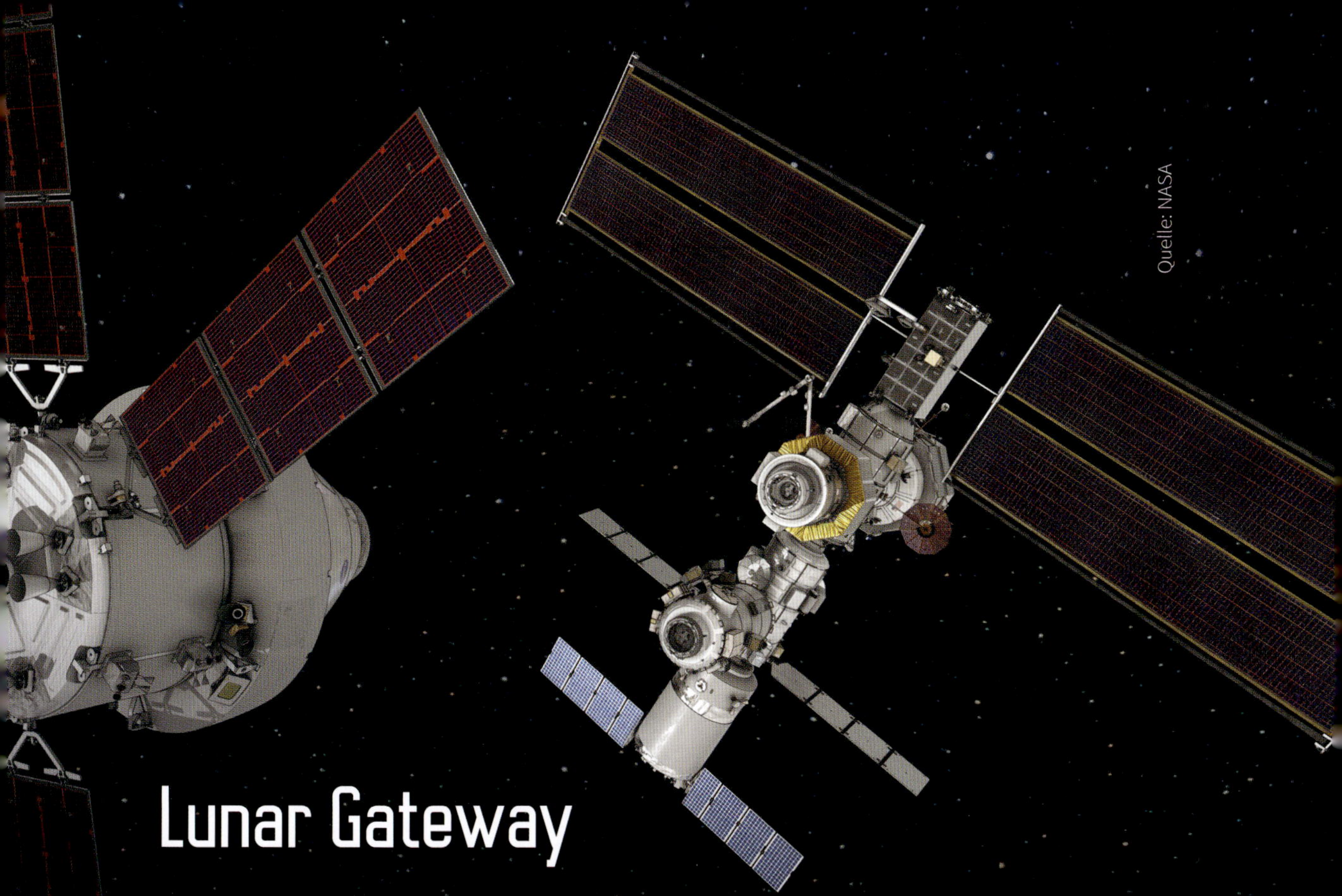

Quelle: NASA

Lunar Gateway

Zwar haben die NASA und die ESA ein Raumschiff, das Menschen zum Mond bringen kann. Jedoch kann das Orion-Raumschiff nicht auf der Mondoberfläche landen. Dafür muss erst noch ein anderes Raumschiff gebaut werden, in das die Astronauten und Astronautinnen dann umsteigen.

Bei den ersten Missionen sollen die Mond-Astronauten direkt an das neue Raumschiff andocken und umsteigen. Bei späteren Missionen sollen sie in eine neue Raumstation umsteigen. Das Lunar Gateway soll den Mond umrunden und ist fast so wie die Internationale Raumstation ISS aufgebaut. Allerdings ist die ISS viel größer als das Lunar Gateway.

Das Orion-Raumschiff soll bei der Ankunft am Mond an das Gateway andocken. Damit können Treibstoff, Wasser und Sauerstoff gespart werden. Zwei Astronauten werden dann in das andere Raumschiff umsteigen und auf dem Mond landen, die anderen beiden werden den Mond im Gateway umrunden. Somit ist das Lunar Gateway so etwas wie eine Bushaltestelle im Weltraum.

Mission Artemis

Der nächste große Schritt der Menschheit soll die Besiedlung des Mondes sein. Dafür hat die NASA gemeinsam mit ihren internationalen Partnern das Artemis-Programm ins Leben gerufen. Es soll nicht nur die nächsten Menschen auf dem Mond landen lassen, es soll langfristig gesehen auch eine Raumstation in der Mondumlaufbahn errichten und eine Basis auf der Mondoberfläche bauen.

Um zum Mond zu gelangen, hat die NASA eine der leistungsstärksten je entworfenen Raketen gebaut: das SLS, das Space Launch System. Diese Rakete bringt das Orion-Raumschiff in den Weltraum, mit dem jeweils vier Astronauten zum Mond fliegen. Der erste Flug erfolgte am 16. November 2022 und war ein Erfolg. Jedoch war Artemis I nur ein Testflug ohne Menschen an Bord.

Mit der Artemis-II-Mission fliegen dann zum ersten Mal wieder Menschen zum Mond. Die Astronauten werden den Mond nur umrunden. Sie werden nicht auf ihm landen. Das dürfen erst die Astronautinnen und Astronauten der Artemis-III-Mission. Auch Europäer sollen mit Artemis zum Mond fliegen und einer von ihnen darf sogar auf der Mondoberfläche landen. Bisher ist noch keine Frau auf dem Mond gelandet. Das soll sich mit dem Artemis-Programm und seiner dritten Mission (Artemis III) ändern.

Foto Shaun: ESA – Aardman | Artemis: NASA

Willst du mehr über die ESA, ihre Missionen und die allerneuesten Nachrichten über das Weltall erfahren? Dann schau doch bei ESA Kids vorbei!

Ariane: Die europäischen Trägerraketen

Damit man in den Weltraum fliegen kann, braucht man Raketen. Mittlerweile gibt es weltweit viele verschiedene Trägerraketen. Die europäische Raumfahrtbehörde ESA hat zum Beispiel die Ariane- und die Vega-Raketen. Das deutsch-französische Raumfahrtunternehmen ArianeGroup leitet den Bau der Ariane Raketen. Teile von ihr werden auch in Bremen in Norddeutschland gebaut.

Die Ariane-5-Raketen sind ungefähr 50 Meter hoch und können viele bedeutsame und wichtige Satelliten ins Weltall befördern. Eine ihrer berühmtesten Raketen ist die Ariane 5. Mit dieser Rakete wurde auch das Weltraumteleskop James Webb am Weihnachtsmorgen des 25. Dezembers 2021 ins Weltall geflogen. Das war einer der größten Weltraummissionen, die mit der europäischen Rakete ins Weltall gebracht wurde.

Die erste Ariane-Rakete, die Ariane 1, ist zu Weihnachten 1979 geflogen. Seitdem gab es viele Veränderungen und Anpassungen. Am 4. Juni 1996 ist die erste Ariane-5-Rakete gestartet. Seitdem wurden über 100 dieser Raketen gebaut und erfolgreich ins Weltall geflogen. Im Jahr 2023 ist die letzte Rakete der Ariane 5 gestartet. Ihre Nachfolgerin, die Ariane 6, soll sie ablösen.

Die Ariane 6 ist 60 Meter hoch und hat zwei oder vier Booster-Raketen an der Seite angebracht. Ohne die Booster würde die Rakete ihre Nutzlast nicht in den Weltraum bringen können.

Manchmal sind die Satelliten, die von den Raketen transportiert werden, gar nicht so groß. Deswegen hat die ESA auch noch die kleineren Vega-Trägerraketen. Diese Raketen sind ungefähr 30 Meter hoch und werden von dem italienischen Unternehmen Avio seit 1998 entwickelt. Die erste Vega-Rakete ist am 13. Februar 2012 in den Weltraum aufgebrochen.

Für Europa ist es sehr wichtig, einen eigenen Zugang zum Weltraum mit seinen Raketen zu haben. Dadurch kann es seine eigenen Satelliten befördern und auch viele kleinere Projekte unterstützen, die sonst keinen Platz in den anderen Raketen von beispielsweise SpaceX finden.

Quelle: ESA – D. Ducros

Mein Research-Mond-Camp

Die verschiedenen Weltraumbehörden wollen wieder zum Mond fliegen. Doch diesmal soll es anders werden als bei den Apollo-Missionen. Damals war es wichtig, als erster Vertreter seines Landes auf dem Mond zu landen und dort die Flagge seines Landes zu hissen. Bei den Artemis-Missionen geht es um langfristige Missionen mit vielen wissenschaftlichen Experimenten. Eigentlich ähneln die Missionen den Aufenthalten auf der Internationalen Raumstation ISS. Nur wird diesmal eine Basis auf der Mondoberfläche entstehen.

Ich habe bei der europäischen Raumfahrtbehörde ESA und dem Raumfahrtunternehmen Airbus an einem Wettbewerb teilgenommen: die Moon Camp Challenge, der Mondbasis-Wettbewerb. Man sollte ein Modell für eine Mondbasis planen und einschicken. Dabei habe ich sogar den vierten Platz belegt – von 282 eingesendeten Projekten! Nun stelle ich dir meinen Vorschlag vor. Dafür habe ich auch einige Grafiken erstellt, die zeigen, wie meine Mondbasis aussehen soll.

Der Vorteil an der ISS ist, dass man die Nahrung von der Erde immer wieder zur Raumstation bringen kann. Doch der Mond ist dafür zu weit weg und der ständige Transport von Nahrungsmitteln wäre zu teuer. Alleine eine Flasche Mineralwasser zum Mond zu fliegen würde zwischen 2000 und 200.000 Euro kosten.

Deshalb müssen Pflanzen und Gemüse auf der Mondoberfläche angebaut werden. Das Wasser muss zudem recycelt werden. Das kann aber nicht im freien Weltraum gemacht werden. Schnell-

Bilder: PL

wachsendes Obst und Gemüse müssen im Gewächshaus kultiviert werden. So können beispielsweise Radieschen, Karotten, Spinat und verschiedene Beeren angebaut werden. Damit die Astronautinnen und Astronauten auch genug Proteine zu sich nehmen, könnte Fleisch im Labor hergestellt werden.

Dafür muss erst eine Basis auf dem Mond entstehen und diese muss aus den lokalen Materialien wie etwa dem Mondsand (Regolith) gebaut werden. Doch der Mondsand ist sehr scharf und klein. So klein, dass er sich durch die Raumanzüge hindurchbewegen kann. Wenn die zukünftigen Astronautinnen und Astronauten den Sand einatmen, können sie schlimme Atemprobleme bekommen. Bereits die Apollo-Astronauten mussten den feinen Sand mit einer Bürste richtig stark wegrubbeln. Als sie wieder auf die Erde kamen, hatten sie bereits leichte Atemprobleme. Dabei waren sie nur wenige Stunden auf der Mondoberfläche unterwegs. Doch es gibt auch neue Verfahren, mit denen der Staub ganz einfach von den Raumanzügen entfernt werden kann. Dafür haben Wissenschaftler eine Barbie-Puppe in einen Raumanzug gesteckt und den Raumanzug mit Mondstaub bedeckt. Anschließend wurde der Anzug mit Flüssigstickstoff besprüht.

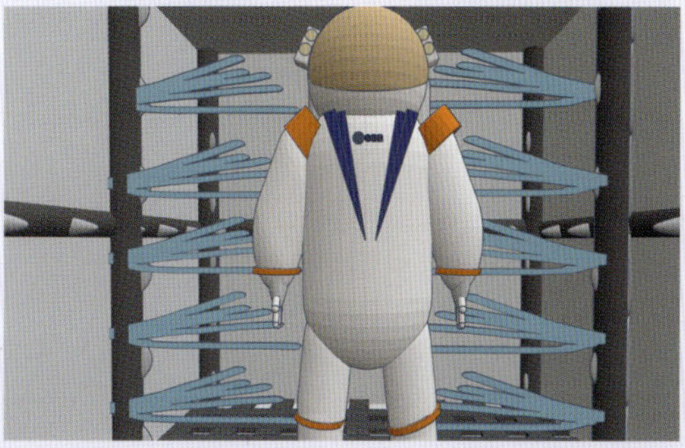

Der Mondstaub perlte ab, schwebte im Stickstoffdampf davon und der Raumanzug war wieder sauber.

Die Mondbasis muss auch sehr starke Temperaturschwankungen aushalten. Wenn die Sonne auf die Mondoberfläche scheint, kann es bis zu 130 °C warm werden. Im Mondschatten herrschen aber Temperaturen von −160 °C. Das sind fast 300 °C Unterschied. Zudem gibt es die gefährliche Weltraumstrahlung. Wenn Menschen dieser für eine lange Zeit ausgesetzt sind, können sie an Krebs erkranken. Muss aber nicht sein. Auf jeden Fall ist das Risiko einer

Krebserkrankung viel höher. Deshalb muss die Mondbasis gut isoliert werden. Dafür könnte man die Innenwände zum Beispiel mit der Kunststoffart Polyethylen oder mit Silbermaterial verkleiden. Beide Stoffe schirmen die Menschen in der Mondbasis gut vor der radioaktiven Strahlung der Sonne ab.

Wie stark die Strahlung tatsächlich ist, wurde bei der Mondmission Artemis I getestet. Das Deutsche Zentrum für Luft- und Raumfahrt DLR hat dafür zwei Puppen im Orion-Raumschiff der NASA mitfliegen lassen. Eine der Puppen hatte eine Strahlenschutzweste, die andere nur normale Kleidung an. Außerdem wurden ganz viele Detektoren zur Strahlenmessung in den Puppen verbaut. In Zukunft will das DLR auch die Stärke der Weltraumstrahlung auf der Mondoberfläche messen. Erst dann weiß man, wie gut man die Mondbasis isolieren muss.

Die Mondbasis muss bereits fertig sein, bevor die ersten Astronauten und Astronautinnen langfristige Missionen auf dem Mond planen. Deshalb soll die Basis mit der Hilfe von Robotern und 3-D-Druckern erstellt werden. Die NASA testet bereits, wie man Gebäude mit dem 3-D-Drucker beispielsweise für den Mars bauen kann. Dann muss die Basis auch mit Strom versorgt werden. Die Energie kann mit Solaranlagen erzeugt werden.

Die Mondbewohner brauchen zudem Wasser und Sauerstoff. Das kann schließlich nicht bei jeder Mission immer von der Erde aus mitgebracht werden. Das wäre viel zu teuer und zu aufwendig. Zum Glück gibt es auch auf der Mondoberfläche Wasser. Jedoch ist das nicht flüssig. Es ist beispielsweise in Glasperlen im Mondsand gespeichert. Die Glaskugeln sind durch Asteroideneinschläge entstanden.

Außerdem gibt es am Südpol in den schattigen Mondkratern und an den Schattenseiten von Bergen ganz viel Wasser. Es ist entweder im Mondboden gebunden oder als gefrorenes Wasser, also als Eis vorhanden. Flüssiges Wasser wie in Seen und Flüssen auf der Erde, gibt es dort jedoch nicht. Wenn es den Astronautinnen und Astronauten gelingt, das gespeicherte Wasser zu extrahieren, können sie es aufbereiten. Dann bekommen sie sauberes Trinkwasser vom Mond. Auch kann das Wasser in seine chemischen Bestandteile aufgeteilt werden: in Wasserstoff und Sauerstoff. Dafür muss ein Reaktor auf dem Mond gebaut werden. Erst dann erhalten die Mondbewohner auch frische Atemluft.

Willst du auch mal bei einem Raketenstart dabei sein?

Hey! Wie du weißt, war ich bei einem Raketenstart dabei. Das hat mega Spaß gemacht. Wenn du auch einmal den Start einer Rakete live miterleben willst, habe ich **drei Tipps** für dich:

1. Wenn du das Kennedy Space Center besuchen willst, dann gib dazu bei Google einfach **„Kennedy Space Center Tickets & Guided Tours"** ein. Du kommst dann sofort auf die richtige Seite und kannst dir dort dein Ticket online kaufen.

2. Da kannst du dich dann auch mit deiner **E-Mail-Adresse anmelden** und du wirst **automatisch** über bevorstehende Starts informiert.

3. Ich kann dir auf jeden Fall die **Zuschauertribüne am Banana Creek** empfehlen. Falls du dir einen Raketenstart vor Ort anschaust, wünsche ich dir viel Spaß dabei! 😁

Informationen

zu den im Buch namentlich genannten Astronauten

Alexander Gerst

… ist ein deutscher Astronaut und arbeitet für die ESA. Er war schon mehrmals im Weltraum. Außerdem ist er Geophysiker und Vulkanologe. Als Geophysiker erforscht er die Erde mithilfe der Physik. Und als Vulkanologe erforscht er Vulkane. Er will verstehen, wie sie funktionieren und herausfinden, wann sie wieder ausbrechen.

Alexander wurde am 3. Mai 1976 in Künzelsau im Nordosten Baden-Württembergs geboren.

Luca Parmitano

… ist ein italienischer Astronaut, der ebenfalls für die europäische Raumfahrtbehörde ESA arbeitet. Er wurde am 27. September 1976 in Paternò geboren. Das liegt in Italien. Er war bereits mehrmals im Weltraum. Außerdem ist er ein italienischer Testpilot und fliegt schnelle Kampfflugzeuge.

Neil Armstrong

… war der erste Mensch auf dem Mond. Er ist 1969 mit der Mission Apollo 11 der NASA zum Mond geflogen und durfte die graue Oberfläche vom Mond betreten.

Er wurde am 5. August 1930 in Wapakoneta geboren. Das liegt in Ohio, einem Staat im Nordosten der USA.

Neil war sogar zweimal im Weltraum.

Bilder: ESA/NASA, Wikiimages, commons.wikimedia.org

Buzz Aldrin

… heißt mit Vornamen eigentlich Edwin Eugene. Er ist der zweite Mensch, der auf dem Mond war und hatte ihn mit seinem ehemaligen NASA-Kollegen Neil Armstrong im Sommer 1969 betreten.

Er wurde am 20. Januar 1930 in Montclair geboren. Das liegt in New Jersey, einem Bundesstaat im Osten der USA.

Buzz war zweimal im Weltraum.

Matthias Maurer

Der deutsche Astronaut arbeitet für die europäische Raumfahrtbehörde ESA. Er wurde am 18. März 1970 in St. Wendel im Saarland geboren. Er war bereits im Weltraum und durfte dort mit verschiedenen Materialien experimentieren. Bei der ESA arbeitet er nämlich nicht nur als Astronaut, sondern auch als Materialwissenschaftler. Das heißt, er darf zum Beispiel Metalle erhitzen und sie zu neuen Materialien mischen.

Jasmin Moghbeli

Jasmin Moghbeli ist eine Astronautin der NASA. Sie wurde aber in Deutschland geboren, und zwar am 24. Juni 1983 in Bad Nauheim, das liegt im Bundesland Hessen. Ihre Eltern kamen ursprünglich aus dem Iran. Dort war 1979 aber eine Revolution und sie sind zuerst nach Deutschland geflohen und später in die USA gezogen. Jasmin darf vielleicht zum Mond fliegen. Außerdem ist sie Anwältin für die Raumfahrt.

Mike Hopkins

Mike Hopkins heißt mit Vornamen eigentlich Michael. Er ist Astronaut für die amerikanische Raumfahrtbehörde NASA und war bereits öfters im Weltraum. Er wurde am 28. Dezember 1968 in Lebanon geboren. Das ist eine Stadt im US-Bundesstaat Missouri. Er ist außerdem Ingenieur.

Kayla Barron

Kayla Barron war bereits im Weltraum und ist mit SpaceX und der Crew-3 zur ISS geflogen. Sie ist nicht nur Astronautin bei der NASA, sie ist auch Offizierin auf U-Booten. Geboren wurde sie am 19. September 1987 in Pocatello. Das liegt im US-Bundesstaat Idaho.

Raja Chari

Raja Chari ist Testpilot, Colonel der US Air Force und Astronaut bei der NASA. Er war bereits im Weltraum und ist mit SpaceX und der Crew-3-Mission zur ISS geflogen. Er wurde am 24. Juni 1977 in Milwaukee im US-Bundesstaat Wisconsin geboren. Sein Vater stammt ursprünglich aus Indien, seine Mutter aus den USA.

Thomas Marshburn

Thomas Marshburn ist ein ehemaliger Astronaut der NASA. Er war bereits mehrfach im Weltraum und ist auch einmal mit SpaceX zur ISS geflogen. Er wurde am 29. August 1960 in Statesville im US-Bundesstaat North Carolina geboren. Zudem war er Flugarzt bei der NASA.

Bilder: ESA/NASA, WikiImages, commons.wikimedia.org

Mehr für Kinder aus dem Verlag

DER KLEINE SONNENSTRAHL und andere Geschichten

Wisst Ihr eigentlich, wie der Leuchtkäfer zu seinem Namen kam? Oder das Sandmännchen? Oder wisst Ihr wie die kleinen Wasserfrösche ihre grüne Farbe erhalten?

Wenn nicht, dann müsst Ihr diese Geschichten unbedingt nachlesen und weitererzählen. Zum Beispiel von Leuchter, dem kleinen Sonnenstrahl. Er kam immer wieder in Schwierigkeiten, weil er so ein mitleidiges Herz hatte. Zur Strafe musste er im Wärmespeicher der Sonne arbeiten. Erst die Sonnenkönigin selbst wird eine gerechte Entscheidung treffen!

Aber auch die anderen Erzählungen lassen kleine und große Kinderherzen höher schlagen: Vom tapferen Mäuserich Plumser, von der Reise des Teddybären Rakoli und von den Bären, die in den Zirkus kamen!

Der kleine Sonnenstrahl und andere Geschichten sind für Kinder ab vier Jahren geeignet, zum Vorlesen und Erzählen.

Autor: Gerda Pfeifer
ISBN 978-3-88778-172-9
76 Seiten, Format: 16,5 x 22,5 cm
Sprache: deutsch
1. Auflage, Hardcover

MAX, DER DONAUBIBER

Der kleine Biber Max lebt mit seiner Familie an einem großen Fluss, nämlich an der Donau. Und er fragt sich: „Hm, hat sie eigentlich einen Anfang und auch ein Ende?" Weil sehen kann er beides nicht. Und von Zuhause weg, war er auch noch nie. Kurzentschlossen packt sein Opa die Reisetasche und auch seinen Enkel Max und am nächsten Tag geht es schon los. Per Zug gelangen sie zum Ursprung der Donau, dann nimmt eine witzige, kunterbunte, abenteuerliche Flussreise ihren Lauf…

Autor: Vicky Mülller-Toùssa
Illustrationen: Ute Patel-Missfeldt
ISBN 978-3-88778-094-4
56 Seiten, Format: 21 x 21 cm, Sprache: deutsch
1. Auflage, Hardcover

KNUDDELPFÖTCHEN

Eine elegante kleine Katze muss Arbeit finden. Nach Tagen ohne Nahrung macht sich Knuddelpfötchen auf die Suche nach einem bezahlten Job, hat aber kein Glück. Am Ende ist doch nicht alles verloren, weil Knuddelpfötchen ihre Story begierigen Zuhörern verkauft.

Aus dem Slowenischen übersetzt von Andrea Ott.

Autor: Svetlana Makarovič
Illustrationen: Gorazd Vahen
ISBN 978-3-88778-211-5
24 Seiten, Format: 20 x 26 cm, Sprache: deutsch
1. Auflage, Hardcover

OKA, DIE EULE

Eine junge, neugierige Eule findet heraus, dass es Spaß macht, Leute im Wald zu erschrecken. Als sich aber eine kleine Ente über den Unfug ärgert, wird Oka eine Lektion erteilt.

Autor: Svetlana Makarovic
ISBN 978-3-88778-213-9
30 Seiten, Format: 21 x 26 cm, Sprache: deutsch
Hardcover

6 PLUS 1 RITTERSLEUT

In „6 plus 1 Rittersleut“ geht es um das Gleichwertig sein. Sechs Brüder, die allesamt Ritter sind, ziehen mit ihrer jüngeren Schwester Maid Anni durch die Lande und lassen sich wie Superstars feiern. Maid Anni ist aber auch eine Heldin – und nicht erst zum Schluss, als sie ein anstehendes Gefecht mit einem kleinen Trick schnell und einfach beendet.

Ein kleines Buch zum Vorlesen, Schmunzeln und Mut machen.

Autor: Claudia Brand
Illustrationen: Ute Patel-Missfeldt
ISBN 978-3-88778-073-9
40 Seiten, Format: 21 x 21 cm, Sprache: deutsch
1. Auflage, Hardcover

SPURBUCHVERLAG

www.spurbuch.de

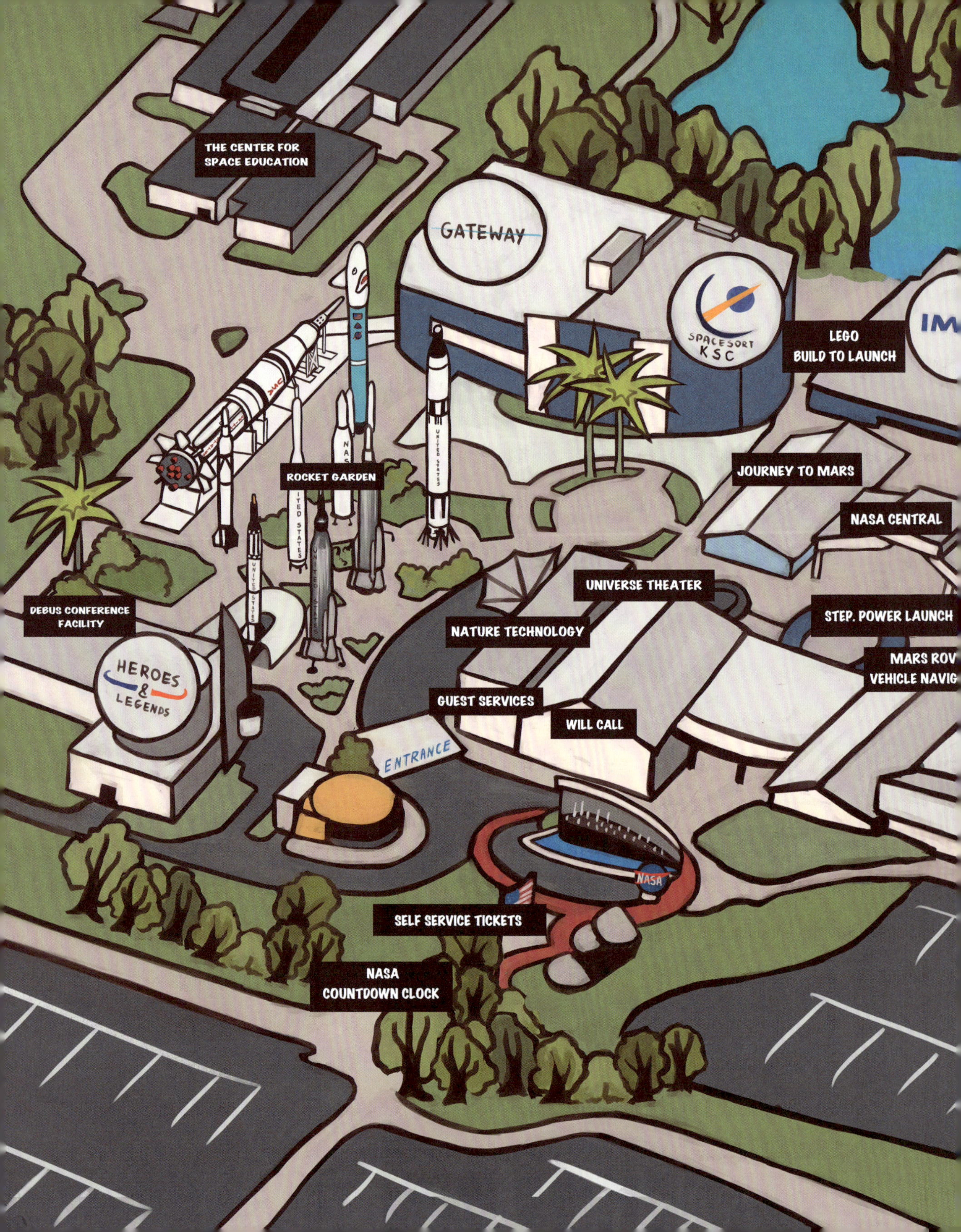
THE CENTER FOR SPACE EDUCATION
GATEWAY
SPACESORT KSC
LEGO BUILD TO LAUNCH
ROCKET GARDEN
JOURNEY TO MARS
NASA CENTRAL
UNIVERSE THEATER
STEP. POWER LAUNCH
NATURE TECHNOLOGY
DEBUS CONFERENCE FACILITY
HEROES & LEGENDS
GUEST SERVICES
WILL CALL
ENTRANCE
NASA
SELF SERVICE TICKETS
NASA COUNTDOWN CLOCK